JOSÉ ANGELO POTIENS

PAPO DE ANJO
uma radiografia paulistana

Copyright@2014 2014 José Angelo Potiens.
Papo de Anjo - José Angelo Potiens. 2014

Revisão
Marcelo Nocelli
Marina Ruivo

Fotografias de capa e internas
Chrystian Figueiredo | Divino Studio
www.divinostudio.com.br

Projeto Gráfico, Capa
Leonardo Mathias | leonardomathia0.wix.com/leonardomathias

Dados Internacionais de Catalogação na Publicação (CIP)
Bibliotecária Juliana Farias Motta CRB7- 5880

P863p   Potiens, José Angelo, 1942-

  Papo de anjo / José Angelo Potiens.
São Paulo: Editora Pasavento, 2014.
  152 p..; 14x21cm.
ISBN   978-85-68222-01-0
1.Literatura brasileira   2.Contos brasileiros. - São
Paulo, SP   3. Ficção brasileira   I.Título.
  CDD – B-869.8

Índice para catálogo sistemático:

1.Literatura brasileira   2. Contos brasileiros - (São Paulo, SP)
3. Ficção brasileira   B-869.8

Todos os direitos desta edição reservados à:

Editora Pasavento
www.pasavento.com.br

PRÓLOGO

Um papinho sobre *Papo de Anjo*

Com *Papo de Anjo*, meu intuito foi dar vida a um novo personagem, talvez muito próximo de Macunaíma, ou ainda na mesma linha de obras que imortalizaram tipos da gente de São Paulo. Penso que há nesta pequena saga alguma coisa que nos remete, quem sabe, pela evocação das ruas da cidade, a Gaetaninho, o garoto registrado por Antônio de Alcântara Machado em *Brás, Bexiga e Barra Funda*. Há de se incluir também os paulistanos que vieram depois, pela pena de João Antônio, em *Malagueta, Perus e Bacanaço*. Mas, com uma diferença importante para além de ter sido escrito em época tão diversa: os personagens desses livros vinham de classes sociais desfavorecidas, eram marginalizados, já Papo de Anjo vive e apronta na atual classe média.

Na primeira parte, a narrativa se desenvolve como um romance que apresenta nosso personagem desde a infância até a adolescência, já na segunda parte, os feitos do jovem Papo vêm na forma de contos, fragmentos das vivências, da sabedoria e da ainda pulsante (ao contrário do que muitos pensam) malandragem paulistana.

O autor

1

Onde é narrado o precoce despertar de um bebê
para a sexualidade e são dadas informações
sobre as origens do ilustre cidadão Roberto Fidalgo

Roberto Fidalgo teve seu primeiro orgasmo aos dois anos. Impossível, dirão os urologistas e sexólogos. Mas é bom que se entenda que esse sinal inicial de sua vida masculina não foi um jorro de esperma.

A bem da verdade, houve uma micção, um jato de urina que o pimpolho depositou no colo de uma dama. Amiga de sua mãe que lhe fazia uma visita na ocasião. E, é claro, não resistiu à tentação, como fazem muitas senhoras, de carregar a belezinha nos braços.

- Oh, peço desculpas - disse a mãe.

Ao que a visitante respondeu com um sorriso meio amarelo:

- Imagine, um anjinho desses...

Essa prematuridade não foi e não é um privilégio do menino Fidalgo ou um fato raro na vida dos meninos em geral. Ocorre que a excitação diante de alguém do sexo oposto provoca, vamos dizer, uma comichão na genitália.

A resposta do organismo é expelir o líquido urinário, sabidamente quente e que, de certa maneira, agrada ao emissor. Esse fenômeno, afirmam os médicos, é que explica porque algumas crianças sofrem de enurese, um mal que provoca o xixi noturno que, por sua vez, ocasiona a constante troca de fraldas.

No caso em questão, havia um agente provocador quase infalível, além de a pessoa pertencer ao outro sexo. Foi o vestido de seda da madame, com aquela textura sensual que dá à mão a sensação de um toque liso, macio, uma verdadeira carícia.

Se foi assim que iniciou sua trajetória, Roberto Fidalgo precisa ser melhor conhecido, o que pretendemos tornar possível no decorrer de sua história.

Antes, é conveniente que se esclareça que esse Fidalgo do nome não tem nada a ver com títulos nobiliárquicos, com pretensas origens nobres ou com qualquer coisa semelhante.

O sobrenome, herdado dos antepassados lusitanos, pode ser comparado, em termos de fidalguia, a qualquer Ferreira, Pereira, Santos, Silva e demais denominações prosaicas.

Nem a riqueza pode explicá-lo, pois sabidamente os avós de Roberto Fidalgo chegaram ao Brasil como imigrantes pobres e, embora aqui tenham feito algum progresso financeiro, longe estavam de ser considerados ricos e muito menos milionários.

O pai de Roberto Fidalgo com grande custo conseguiu formar-se em Medicina e abrir uma clínica em Pinheiros. É verdade que às vezes o nome Fidalgo faz cócegas e o casal, mãe e pai de Roberto, dá uma empinadinha de nariz.

Traçado esse breve perfil familiar, é hora de passarmos à biografia desse rebento que, aos dois anos de idade, teve, então, seu primeiro orgasmo.

2

De como o pequeno Fidalgo recebeu seu primeiro apelido e usou pela primeira vez um truque infalível para engabelar pessoas

Chega uma época na vida de quase todos em que é quase inevitável o recebimento de um apelido. Na pré-escola em que seus pais o matricularam com a tenra idade de quatro aninhos, Roberto Fidalgo recebeu sua primeira alcunha.

Esse codinome não surgiu em um pátio nem em um corredor, tampouco em um intervalo de recreio, pois é sabido que nessa fase da vida escolar, criancinhas ficam praticamente todo o tempo confinadas em uma sala ou salão onde as dedicadas mestras-babás impingem a essas criaturas todo tipo de brinquedo. São peças para encaixar umas nas outras, objetos com feições de gatinhos, patinhos entre outros seres inanimados de plástico, borracha e pelos sintéticos. Sem mencionar que, em uma considerável parte do período, esses aluninhos adormecem sobre colchonetes que fazem a vez de bercinhos e caminhas.

Pois foi no salão dessa casa maternal, chamada Vida Feliz, que o minúsculo Roberto Fidalgo ganhou o seu outro nome. O batismo, se é que se pode denominá-lo assim, foi dado por um coleguinha que, balbuciando e tentando repetir o som que da professora-ama-seca costumava ouvir, um dia o chamou de Eto. Logo surgiram variantes como Veto e Reto, mas todas essas invocações passaram a ser uma só, com o decorrer dos meses. E, então, o garotinho Roberto tornou-se Beto.

Foi como Beto que ele manifestou o primeiro traço daquela que mais tarde viria a ser sua personalidade, se é que em se tratando de alguém com tão reduzida vivência essa palavra possa ser usada. Talvez um psicólogo chame isso de falha ou desvio de caráter, mas aqui também é difícil afirmar que seja esse o caso, considerando-se ainda mais uma vez o diminuto tempo de vida de Fidalgo. Se bem que os estudiosos do comportamento humano juram que, segundo todas as evidências, é nos primeiros cinco anos que se forma ou se molda o tal do caráter de uma pessoa. Deixando para os mais sábios a resolução dessa querela, vamos voltar ao dia em que Beto mostrou a faceta que viria acompanhá-lo por toda a existência.

Aconteceu em uma tarde, quando uma menininha rodava no carpete de madeira um carrinho de plástico.

Beto estava colorindo com um giz de cera o desenho de um palhacinho, tudo leva a crer que havia muito pouco entusiasmo no ambiente. Tanto que assim que prestou atenção ao passatempo da garotinha, prontamente quis trocar o seu com o dela.

- Dá o calinho - ele pediu.

Diante da recusa da amiguinha, Beto fez beicinho e continuou a botar cores borradas em cima da figura no papel, como se não estivesse nem um pouco abalado com a negativa recebida.

- Também não vou deixar você pintar esse palhaço - disse Beto de olho na desafiadora.

A pequenininha parou de movimentar o carrinho e ficou espiando a pintura manchada que Beto erguia diante dela.

- Deixa eu pintar um pouquinho - ela pediu.

- Não deixo! - ele respondeu.

Quem nunca passou por uma situação em que uma coisa negada só faz crescer o desejo de tê-la, não pode avaliar o que aquela miniatura de mulher sentiu. Mas, quem já vivenciou isso, sabe o quanto dói almejar algo que nos é sumariamente negado. Tratando-se de uma criança, do sexo feminino, e criada na classe média paulistana, esse anseio se potencializa ao extremo.

- Deixa eu pintar o palhacinho - ela insistiu.

- Não... fica aí com o seu carrinho feio.

Nesse deixa-não-deixo, cansou-se a coleguinha e, pela fadiga ou pela vontade agora irresistível, ela caiu no papo de Beto.

- Pega o carrinho - disse ela com um belo sorriso oferecendo o liliputiano veículo para ele.

Não se passaram cinco minutos e os dois estavam entediados com a troca. Beto foi o primeiro a aborrecer-se, mas não o primeiro ser humano a sentir aquela espécie de infelicidade após conquistar algo antes muito cobiçado. O carrinho já não tinha mais graça. Por fim, contribuiu para sua frustração o fato de o brinquedinho, frágil que era, ter soltado uma das rodinhas. Lá no seu íntimo, Beto talvez tenha aprendido uma lição. Não a que ensina a todos nós que, alcançado um objetivo ou superado um desafio, a vida adquire seus tons normais. O que ele descobriu naquele dia foi que com algum truque na voz, no gesto ou na intenção, é possível conseguir o que se pretende e convencer alguém a fazer alguma coisa que queremos que esse alguém faça. Mas Roberto Fidalgo ainda iria aperfeiçoar muito essa técnica, durante seus próximos anos de vida.

Anote-se que a alcunha de Beto persistiu até o ingresso no primeiro ano do ensino fundamental, quando ele já tinha as pernas mais compridas, os braços mais alongados e a cabeça mais espertinha.

3

Onde o ainda franzino Beto resolve
um grande problema
usando uma de suas costumeiras habilidades

Da Vida Feliz ele despediu-se entre os seis e sete anos. Sua mãe matriculou-o no curso fundamental do Colégio Alma Mater, assim mesmo, de nome em latim, a língua morta que muitos colégios usam para passar uma ideia de tradição ou de sabedoria antiga e que mal esconde uma tola presunção.

Aos poucos, Fidalgo foi aprendendo o bê-á-bá, as multiplicações da tabuada e a convivência com outras crianças de igual idade.

Se dentro da classe ele não podia extravasar sua facilidade em obter o que queria, no pátio encontrou o ambiente para fazer o que já sabia em seus verdolengos anos.

Lá pelo terceiro mês de seu percurso pela alfabetização, estava Beto comendo seu lanche, bebendo seu suquinho e olhando ao redor. Viu um molecão que, prevalecendo-se da altura acima dos outros, ia de coleguinha em coleguinha, chacoalhando um, dando sopapo noutro, lascando tapas em garotos que cruzavam o seu caminho. O grandão vinha para o seu lado, de olho na próxima presa, que acontecia ser o próprio Beto. Podia correr, mas se o fizesse, seria chamado de covarde por todos. Não que tal qualificativo o incomodasse tanto, pois de seu pai já ouvira que mais vale um medroso vivo do que um valentão morto. Mas também não apreciaria tomar um pé de ouvido, como sucedia ser o caso.

Assim que o colegão chegou mais perto, Beto revirou os olhos, deixou o lanche e o suquinho escorregarem de suas mãos, bambeou as pernas e foi lentamente caindo, até chegar ao chão, e ali ficou de olhos bem fechados.

Com a mão espalmada para dar uma chapuleta, o grandalhão parou diante do menino esticado no piso e, depois de breve hesitação, abaixou-se para verificar seu estado. Como Beto não se mexia, achou que estivesse desmaiado. Às vezes, um ou outro garoto desfalecia no pátio, devido ao calor ou a um mal-estar. Logo essas possíveis razões lhe ocorreram. Osvaldo, este era o nome do terror dos pequenos, gritou:

– Ele desmaiou! Chamem seu Pedroso!

Pedroso, que de inspetor só levava o título, durante o recreio costumava se esconder em um canto do pátio para ler o caderno de esportes de um popular jornal. E lá foram duas crianças para tirar o homem de sua instrutiva leitura e, enquanto seu Pedroso não vinha, aproveitou-se Beto para erguer a perna direita e dar um chute, com toda a sua força, no meio das pernas do dito Osvaldo.

Quando, por fim, os dois colegas voltaram com o inspetor, depararam-se com um Beto em pé e acordadíssimo e, quem agora estava deitado, gemendo e gritando de dor era Osvaldo, que mantinha as mãos em cima das partes mais delicadas da anatomia de um homem, mesmo esse ocupando ainda os primeiros degraus da escala do crescimento físico.

Quem argumentar que Roberto Fidalgo quebrou o perfil anteriormente delineado, ao utilizar um recurso que nada tem a ver com o apelo safado à voz, ao gesto ou à intenção, certamente incorre em erro, uma vez que o pilantrinha, por não usar o primeiro desses quesitos, não deixou de aplicar de forma convincente os outros dois, quais sejam a intenção e o gesto.

Como é do agrado dos professores, colocando o que se passou em ordem claramente direta, primeiro ele operou o gesto, que por sua vez escondia a intenção, por fim revelada. Que era, como ficou patente, escapar da mãozona do citado Osvaldo. Se dúvidas persistirem quanto às artimanhas de Beto, é aconselhável aceitar o convite para acompanhá-lo, à medida que ele galgar as próximas séries do eficientíssimo ensino fundamental, tão bem ministrado pelas nossas queridas escolas.

4

De como o cada vez mais desenvolto Fidalgo obtém mais uma vez algo desejado e onde é prometido o enunciado de uma equação de Psicologia

Desnecessário seria afirmar que Beto nunca mais foi incomodado pelo que levou, como se diz no modo vulgar, um pé no saco. Dos outros colegas de classe e do pátio, recebeu uma espécie de mudo agradecimento coletivo, pois nunca mais se vira o tal Osvaldo despontar suas dolorosas e humilhantes brincadeirinhas.

Finda essa fase, na qual o silencioso reconhecimento era expresso por uma mais próxima camaradagem, os colegas passaram a olhá-lo com algum receio, que foi se transformando em um quase isolamento. Mas não se pode desprezar o espírito vigente no Alma Mater, que rezava a cartilha de que todos os alunos deviam viver em comunhão, como em uma família, embora esse mandamento não escrito deixasse de especificar que tipo de família, visto existirem tantas variedades dela. Enfim, pela própria dinâmica da convivência na hora da merenda, Roberto Fidalgo foi saindo daquele ambiente gélido que o cercava, e calorosamente foi atraindo novos amiguinhos para sua esfera de influência, dos quais extraía, conforme sua vontade, as vantagens pertinentes a cada ocasião. Podia ser a primeira mordida no lanche que um colega acabara de tirar da mochila, os primeiros goles na latinha de refrigerante de outro, a primeira lida de uma revistinha de quadrinhos que um dos colegas mal começara a folhear, entre outras regalias.

Na segunda série do fundamental, no alvorecer de suas oito primaveras, Beto achou por bem adensar suas traquinagens. Os alvos, a esta altura, já não eram mais os lanches e refrigerantes, nem gibis alheios, mas sim um vistoso tênis de marca da moda que seu camaradinha Dudu ostentava com visível orgulho do logo da empresa esportiva, em cores berrantes que pareciam piscar para todo mundo. Os pais de Beto não eram exatamente uns nababos e não se mostraram inclinados a dar ao moleque um par semelhante, por mais que o filhote insistisse. Por que ele não conseguiu dobrar os progenitores? Visto possuir um arsenal de argumentos expostos através de truques na imposição de voz, nos gestos ou na intenção, seria matéria para mil especulações. A mais aceitável, e a que talvez mais perto chegue da real interpretação, é a de que algum gene familiar impedisse o casal de ceder aos pedidos do resultado do seu amor, atuando esse gene como uma vacina ou antivírus contra as arremetidas do petiz. A milenar intuição do populacho há muito assegura que filho de peixe peixinho é. Podemos, sem receio de errar muito, inverter a frase, afirmando que se o filho é peixe, os pais também o são, e dos grandes. Quem pode escapar ao DNA?

Mas, voltemos ao nosso peixinho, que nesse momento observa os pés de grife passar pelas lajes do pátio ao seu lado.

- Troca de tênis comigo, Dudu.

- Tá louco? Olha só o seu, é feio, sem marca. Tênis barato. O meu custou caríssimo.

- Parabéns, você é corajoso, não tem medo de estilete nem de levar um tiro na cara - respondeu Beto, enquanto apertava a mão de um espantado Dudu.

- O quê?

- Esse tênis aí é um chamariz pros moleques da rua, os trombadinhas, você não sabe? Tem também os assaltantes que pegam você, amarram sua boca, os pés e as mãos e te levam pra um esconderijo deles e depois pedem dinheiro pro seu pai pra eles te soltarem. Isso quando não são daqueles mais maldosos que são capazes de matar um ou cortar a perna fora só para levar os tênis. Ainda bem que você não tem medo de nada disso.

- Mas você acha que...

- É por isso que uso este aqui, porque não tem perigo, ando à vontade na rua. Uma vez eu estava com ele e um amigo meu com um parecido com esse aí, sabe o que aconteceu? Fizeram ele tirar e ainda bateram nele... Bem... Não quero te assustar, Dudu...

- E os seus os bandidos não pegam? Não tem perigo?

- Nenhum Pra que pegariam um tênis barato? Não vão conseguir vender. É por isso que eu uso esse. Você acha que eu sou bobo? Eu não teria coragem de andar com esses por aí sozinho... Só faria isso para proteger um grande amigo, só por isso que disse para trocarmos. Queria te proteger. Já sei como são esses caras aí na rua...

Beto foi afastando-se de Dudu, olhando de soslaio, como se ali mesmo no pátio o colega já fosse ser abordado por um bando de meliantes.

- Vem cá! Eu troco! - Dudu praticamente gritou, vendo o outro alongando-se na distância. O assentimento ocorreu no instante em que o sinal do Alma Mater tilintava o final do recreio. E Beto entrou na classe já ornado com o cobiçado par de tênis.

Há pessoas, mesmo as de linguagem refinada, que chamariam a transação efetivada de trambique. Mas não é o momento de vasculharmos os dicionários para avaliar que palavra cabe melhor à operação.

Em casa, ao mirar sua conquista, Beto não a viu com os mesmos olhos de antes. Desapareceu logo o entusiasmo pela glória, agora posta em seus pés.

No dia seguinte, com a presença da mãe de Dudu na escola, o vivaz Fidalgo foi obrigado a devolver o mimoso calçado. É verdade que uma leve sensação de perda arranhou seu ego, mas não o deixou muito amofinado. O tênis já não significava nada. Já o havia conquistado, mesmo que por algumas horas, além do mais, agora ele sabia que tinha a capacidade para arquitetar, quando assim entendesse, qualquer semelhante conquista.

Talvez fosse o momento de avivarmos algo que a Psicologia mal roça com suas teorias de laboratório, mas que a prática ou a práxis, como arrotam os acadêmicos, demonstra e prova como uma equação ou um teorema matemático razoavelmente simples. Mas, deixemos, porém, o enunciado e a demonstração dessa fórmula psicológica para o próximo capítulo, onde continuaremos a descortinar, como cantavam os poetas de antanho, os anos escolares do decantado Roberto Fidalgo.

5

Onde finalmente é exposta uma fórmula da chamada ciência psicológica e é contado um episódio que envolve brisa no rosto e a sensação de estar dentro de um filme

O progresso do pupilo pelas outras séries correu paralelo ao desenvolvimento de seu físico, de seu intelecto e de suas particularidades herdadas da genética e influenciadas pelo meio, como costumam esclarecer ou confundir os que entendem da personalidade humana, atribuindo ora à biologia, ora à paisagem que nos cerca o comportamento de cada um.

Antes de avançarmos com Beto pelos anos seguintes, façamos um breve retrospecto. Voltemos ao caso do tênis que, em tão curto tempo, deixou os pés do biografado. Recordemos que o produto de grife, antes tão atraente, não tinha o mesmo gosto quando em sua posse. Tentemos então estabelecer o teorema psicológico mencionado anteriormente. Aplicando-se a linguagem matemática, podemos enunciar que:

D x E = R = S, onde D é o volume ou a ânsia do desejo antes de ser realizado; E equivale ao esforço aplicado para realizá-lo; R é a efetiva realização do desejo, e S a sensação ou sentimento que nos avassala após a concretização do desejo. Essas letras podem possuir qualquer valor, de 1 ao infinito. Se, por exemplo, D equivale a 1 e E também a 1, veremos que R resulta em 1, que será o mesmo resultado apurado para S. Supondo agora que D = 50 e E = 20, R e S = 1000. Sejam de que porte for o desejo e o esforço, o resultado será sempre determinado pelo volume do desejo vezes o esforço empregado para que ele aconteça. O produto dessa multiplicação indica que o desejo, afinal realizado, e a sensação depois disso, sempre ficarão matematicamente empatados.

Mas, para evitar que alguém se sinta aborrecido, vamos diretamente para onde queremos chegar: a pueril formulação vale para todas as pessoas. Com exceção, até onde entendemos de Roberto Fidalgo, no que tange ao esforço a ser despendido. Se todo mundo declara que valeu o esforço quando se atinge um objetivo, dá-se o contrário com ele, pois, seja qual for sua vontade, por alguma razão que nos escapa Beto olimpicamente ignora o tal do esforço, para ele uma coisa desprezível.

Talvez o caso da bicicleta, ocorrido no terceiro ano do fundamental, esclareça o que até aqui possa parecer um obscuro tratado psicológico. O dono da magrela era Gabriel, que desse meio de transporte se valia por morar a menos de um quilômetro do Alma Mater. Todo dia ele chegava pedalando, tirava o capacete protetor e guardava seu camelo numa sala logo à entrada do colégio. A peça não era lá um objeto desejado por quase ninguém entre as centenas de alunos que vinham nos carros das suas famílias, trazidos geralmente pelas mães ou no ônibus fretado que os recolhia na porta das residências e os devolvia no final das aulas. Beto não figurava em nenhuma dessas categorias. Ele pegava um coletivo comum, na ida e na volta. Mamãe Fidalgo, embora dispusesse de um carro na garagem, ainda não se habilitara como motorista. Mas não foi essa diferença quanto à locomoção que ativou a cobiça de Beto e sim um fato sem a menor significação para qualquer outro simples garoto.

Gabriel, respondendo a um colega, que queria saber qual era o prazer de usar aquilo, disse:

- O vento no rosto. O mais gostoso é o vento no rosto.

- Tipo vento de ventilador?

- Bem melhor. Eu sinto o vento no rosto sem estar parado, estou sempre em movimento, parece que estou num filme...

Aquilo chegou até Beto e naquele mesmo instante ele quis sentir o vento no rosto. Para isso, seria necessário, então, uma bicicleta. A única à mão, contudo, era a de Gabriel, que ficava guardada na salinha perto da porta de entrada. Pedi-la emprestada não seria o melhor a ser feito. Com certeza seu proprietário negaria o pedido. Mas àquela altura, Beto precisava sentir o vento no rosto. E para conseguir a mágica brisa e experimentar como seria estar em um filme, precisava sair com a propriedade do colega.

Findo o intervalo, mal se acomodou na cadeira dentro da classe e já chamou a professora, dona Sheila, cochichando-lhe no ouvido que estava se sentindo mal e queria ir para casa. A educadora, a quem raras solicitações desse gênero eram endereçadas, deu a permissão e o fingidinho deixou a sala. Beto esgueirou-se pelo corredor e foi direto para onde estava o sonho em duas rodas. Entrou pela porta entreaberta, desencostou a maquininha da parede e, segurando-a pelo guidão, empurrou-a até o portão de saída. Em plena rua, montou no selim e começou a pedalar, sem nenhuma ideia de que rumo seguir. Quanto mais andava, mais aumentava a rapidez do girar de seus pés, o que implicava na crescente velocidade daquela transportadora sem motor, mas cheia de entusiasmo do condutor. Mas onde estava o bendito vento no rosto? O que o furtivo gatuno percebia eram apenas casas e edifícios passando ao seu lado, carros à sua frente, faróis em algumas travessas, gente

apressada ou caminhando calmamente pelas calçadas...
E nada do tal vento no rosto, nada de estar dentro de
um filme.

Ao dobrar uma esquina, viu que a rua era conhecida,
pois todo dia ele passava ali de ônibus. Seguindo o traje-
to que diariamente percorria, chegou até as proximidades
de sua casa. Era uma hora muito imprópria para entrar.
Mamãe poderia perguntar por que voltara tão cedo da
escola. Rodou um tempão pelo bairro, parando de vez em
quando para descansar. Quando avistou um relógio digi-
tal em um cruzamento, calculou que, agora sim, poderia
regressar. Desceu da bicicleta, empurrou-a pela lateral da
casa e guardou-a no quartinho de despejo no fundo do
quintal. Da novidade rodante não deu conhecimento à
mãe. O pai, que só chegaria à noite, dificilmente iria até
o útil esconderijo.

O ciclista mirim, melhor diríamos aventureiro, foi no
dia seguinte de coletivo ao Alma Mater. E, ao ouvir a história do desaparecimento da condução de Gabriel, fez cara de que não estava entendendo nada.

A diretora, como tantas outras autoridades, públicas
ou não, recusou-se a assumir a responsabilidade que,
no caso, era pelo sumiço da bicicleta. Seu Pedroso e os
demais funcionários não tinham visto nenhum suspeito,
concluindo-se que o ladrão, com certeza, viera de fora,

penetrara na salinha e saíra para a rua montado no produto do furto. E assim, o legítimo dono continuou sem o bem móvel e o usurpador prosseguiu de posse dele.

Durante um mês Beto manteve em seu poder o fruto de sua ousadia, aproveitando as distrações da mãe para dar voltas pelas redondezas, sem nunca ter sentido o vento no rosto e muito menos a sensação de estar dentro de um filme. Então, sem vento e sem filme, o intrépido Fidalgo abandonou a magrela surrupiada em uma rua sem saída e voltou tranquilamente para casa.

Estava enjoado de pedalar e nunca mais queria andar em uma coisa daquela. Repetia-se, nesse caso, o sucedido com o carrinho que conseguira da coleguinha da pré-escola.

Era o fastio, esse outro nome para a inquietação ou para a infelicidade, que lhe batia às portas, após o desejo realizado. Ambos, realização e sensação, equivalem-se. Ou anulam-se, como provavelmente ameaçaria um metafísico. Com o que fica válido o enunciado do teorema exposto: $D \times E = R = S$. Um matemático poderia citar a expressão c.q.d., ou seja, "como queríamos demonstrar." Os cultores dos números conhecem-na na extinta língua latina, proferindo q.e.d., que significa "quod erat demonstrandum", o mesmo sentido de c.q.d. Mas quem está preocupado com firulas e filigranas de linguagem?

Talvez caiba a esta altura uma anotação entre parênteses ou, como adoram os escritores de viés científico, uma nota ao pé da página, embora esse rodapé não esteja formalmente embaixo destas linhas. Essa observação diz respeito especificamente a Beto.

Por razões que nos escapam, após percorrer aquele roteiro matemático-psicológico, nosso peraltinha, mesmo considerando-se ganhador, nem sempre consegue convencer-nos disso.

No decorrer desta história, vamos vê-lo algumas vezes com o figurino de um otário, vocábulo que, em outros dias, a gíria chamou de loque ou malandro-borboleta e que, nestes tempos, equivale ao mané. Disto veremos exemplos mais tactáveis ao longo dos próximos desdobramentos. Antes, porém, exibiremos uma quase radiografia do que costuma acontecer com todos os que possuem as mesmas células embrionárias educativo-sociológicas do nosso aplicado paulistano, afinal, não estamos todos aqui ávidos para conhecer as peripécias desse fascinante espécime da raça humana?

6

De como um atento aprendiz demonstrou o que aprendeu
e como isto resultou em uma rápida fuga
e uma bem-ensinada paralisia de atitude

Ah, Alma Mater, abençoado sois por terdes cultivado na infância de Beto e na dos demais matriculados aquela preguiçosa indiferença quanto à formação do seu corpo discente.

Admirados estamos por até agora não ter surgido um místico ou religioso para entoar um hino de louvor às suas venerandas virtudes.

Feita essa breve digressão, retornemos ao prodigioso colégio que sempre se esmerou em fornecer aos alunos os valores basilares do complexo mundo contemporâneo. Uma dessas bases pode ser definida pelo vulgar ditado "Cada um por si e Deus por todos".

Estabelecida essa receita para o aprimoramento desses paulistaninhos, não se estranhe o avanço de Beto, por singulares, ou não tão singulares assim, atalhos para a sua perfeita identificação com o universo dos nossos dias.

Foi no final da quarta série do fundamental, praticamente às vésperas de seu ingresso no antigo curso ginasial, que aquela máxima borbulhou como gases numa taça de champanhe e extravasou pelas límpidas toalhas das mesas dos bem-aquinhoados. Que coisa mais dramática, apavorante ou provocadora de todos os medos ancestrais que, segundo Carl Jung e outros pais da Psicanálise, formam um negócio denominado arquétipos coletivos, pode ser maior ou mais chocante que um incêndio?

Pois uma minúscula labareda apareceu no Alma Mater em um dia de morna primavera. As investigações e inquéritos que vieram depois de o fogo ter lambido boa parte do prédio nada esclareceram acerca da origem da combustão. Questão de conflito entre laudos, formulados e assinados pelas doutas autoridades de segurança. No entanto, não devemos ficar circunscritos a minúcias. Porque, sendo fiéis ao relato da vida de Roberto Fidalgo, há que capturarmos suas ações e reações ao que a existência de todos nós nos oferece, na maioria das vezes, não em uma bandeja de prata, mas sim no áspero chão do que recusamos, alienadamente, a chamar de realidade.

A fome devoradora, amarela em seu núcleo e azulada nas pontas, começou no térreo e ameaçava ascender ao segundo andar. Seu Pedroso e a diretora dona Marta deviam estar ocupados, estudando a melhor forma de proteger e educar os que se achavam sob suas asas. Tanto estavam voltados a esses misteres que não se aperceberam dos primeiros indícios de que alguma anormalidade procurava fazer sua matrícula forçada na venerável instituição.

- Fogo! - alguém gritou, provavelmente uma criança, sentindo o cheiro de queimado.

FOGO. Não existe palavra mais poderosa. Ganha de DEUS, criação dos escribas de extração religiosa. Ganha, também, de seu FILHO imaginado pelos teólogos cristãos. Ganha de qualquer invenção mitológica, linguística e de qualquer descoberta científica que presumivelmente e segundo seus formuladores, chega para nos dar mais saúde e um nunca efetivado bem-estar. Ao sistema auditivo de Beto essa palavra doeu como se fosse o pai ordenando que ele tomasse uma injeção. Foi o primeiro a sair da sala, o campeão absoluto ao ganhar a porta de saída e o único, até aquele instante, a colocar os pés no jardim que dava para a rua, de onde viu, através da vidraça de uma das janelas frontais, uma fina coluna de chamas que subia devagarzinho.

Logo chegaram mais uns dez colegas àquele pedaço seguro e, em seguida, atabalhoadamente, o restante da classe. Entre eles Jarbas, seu vizinho de carteira, que pediu que todos fossem para a calçada e incontinenti adentrou o corredor, trazendo instantes depois mais umas dezenas de apavorados alunos de outras partes da escola, que ainda não haviam entendido bem o ocorrido. Atrás desses vieram outros e outros correndo, quase se atropelando em meio a uma algazarra. Em seguida, surgiram seu Pedroso, as professoras e a diretora dona Marta.

- Me ajude, turma! - berrou Jarbas. - O fogo é só na secretaria, lá dentro não tem fumaça. A criançada tá escondida debaixo das carteiras. Vamos tirar esse pessoal todo de lá!

Beto permaneceu parado, como se hipnotizado pela língua de fogo. Igual atitude tiveram as mestras, a diretora, o inspetor e os futuros luminares da sociedade. Jarbas entrou mais uma vez sozinho e voltou arrastando uma fileira de alunos da primeira e da segunda série.

- Ainda bem que conseguimos salvar a todos! - disse dona Marta. - Será que alguém já chamou os bombeiros?

Estas linhas sobre umas faíscas podem ser acusadas de pretender expor à execração as nossas virtuosas casas educacionais. Não estamos direcionados nesse sentido. O que se depreende do contado é que um incêndio que se mostrou inofensivo, salvo pelo estrago causado na secretaria do colégio, ergueu o lema "cada um por si e Deus por todos", menos por uma ovelha desgarrada chamada Jarbas.

Honra seja feita: Roberto Fidalgo não negou sua fidelidade aos princípios nele inculcados pela luminescência dos mestres. E nem estes traíram o que lhes corre nas veias, nos labirintos cranianos e nos ventrículos coronários. Se o episódio pode possuir alguma relação com o caráter intrínseco de Fidalgo isto é uma interrogação que admite mais de uma resposta. Diremos não, se aceitarmos que as circunstâncias que nos cercam são decisivas para influir nas atitudes que tomamos. E respondemos sim, se acreditarmos que todo mundo nasce com os genes que já determinam como seremos desde o berço. Isto posto, como ainda dizem alguns oradores em certas ocasiões, viremos mais uma página e prossigamos com a historinha do nosso caro retratado.

7

Onde o ainda imaturo Fidalgo vê-se às voltas
com um ser do sexo oposto
e de como ele enfrentou
uma situação um tanto embaraçosa

Devidamente instruído nas matérias dos quatro primeiros anos do fundamental, viu-se o pré-adolescente Beto no sexto ano do fundamental II, antiga quinta série, estágio que, em tempos ainda mais distantes, era a primeira série do então curso ginasial.

Já não envergava mais o uniforme azul do Alma Mater. Agora a vestimenta escolar era um abrigo verde e uma camiseta branca ostentando, em letras vermelhas, Colégio São Clemente. A troca do latim para o idioma pátrio pouco ou nada altera o essencial das coisas, pois ambas as denominações não conseguem escamotear aquele ranço tradicionalista que, ao mesmo tempo, cria um paradoxo. Qual seja, como podem nomes cobertos de mofo suporem-se contemporâneos da modernidade?

Moderno ou pós-moderno não é a questão. Afinal, estamos aqui para interpretações psicológicas, sociológicas *et caterva*, para regressarmos à sepulta língua da Roma cesariana, ou nosso interesse reside na progressão do estimado Beto pelas suas diversas etapas de vida?

Voltemos ao precioso brasileirinho. Como foi prematuro o seu primeiro orgasmo, segundo o primeiro capítulo desta biografia paulistana, igualmente ele foi ligeiro ao pressentir algo diferente em relação à dona Eliane, sua professora de Inglês.

Se agora ele estava cercado de várias matérias, abalroado por livros de cada disciplina e em seu caderno espiral tinha de reservar folhas separadas para cada tipo de conhecimento, ele se achava também fugindo da condição de criança, pelo que entendia, engatinhando pela adolescência.

Do idioma de Shakespeare apenas alguns rudimentos entravam pelos seus sentidos, visto estes estarem todos ocupados na contemplação das pernas, do decote e dos lábios avermelhados de dona Eliane.

Em uma manhã em que a aula de Inglês era a última, ele esperou todos os colegas saírem da sala, foi lá na frente e ficou bem perto da sua musa. Ela estava de pé, recolhendo alguns papéis sobre a mesa e colocando-os em uma pasta. O embevecido Fidalgo olhou o relevo em delicada curva que as nádegas de dona Eliane forçavam para o mundo exterior sob a apertada calça de algodão e, como se para testar a realidade daquilo, passou a mão sobre o dito volume.

- Beto! Enlouqueceu? Viu o que você fez?

- Ahnn... desculpe... esbarrei a mão na... na senhora...

- Vou falar com o diretor... não admito tal coisa... Tenho certeza de que terá uma boa conversa com seus pais.

Como é prático esse atributo humano chamado memória. Naquele mesmo instante, Beto recordou-se do expediente usado contra Osvaldo em seus tempos de grupo escolar. A mulher nem acabara de falar e ele já foi escorregando-se pelo chão, a este ato acrescentando um tremor na mão esquerda, que era justamente a que tinha tocado o traseiro da docente.

- Beto... Beto... - dona Eliane abaixou-se preocupada para socorrer o tremente desfalecido.

O garoto não se mexia, olhos cerrados, mão esquerda balançando apoiada no piso de madeira. Ela começou a gritar até que chegou uma funcionária que, vendo o estado do desmaiado, correu para o armário de pronto-socorro e voltou com um frasco.

Ajoelhada, a veloz ajudante fez Beto cheirar o conteúdo, que não passava de um trivial vinagre.

Bem, estava na hora de passar ao segundo ato daquela farsa. Beto pouco a pouco foi abrindo os olhos, mantendo, contudo, a mão em espaçados movimentos, até que foi se levantando, apoiado pelas duas mulheres. Ele andou pelo corredor, ladeado por seus anjos da guarda, segurando-as pelas respectivas cinturas e, conforme pediam seus passos trôpegos, deslizando, várias vezes, uma das mãos para o acidente geográfico de dona Eliane que tanto o havia atraído. A professora não se deu conta, concentrada que estava em cuidar do bem-estar do fedelho.

- A senhora me desculpe de novo - ele disse, assim que ficou a sós com a *teacher*. - De vez em quando me dá uma tremedeira nas mãos e perco os sentidos...

- Eu é que peço desculpas, Beto. Achei que você estava fazendo uma coisa inadequada... não sabia que você tinha esse problema. Já foi ao médico?

- É coisa do crescimento... o doutor disse que com o tempo passa, só não posso ficar nervoso e fazer muito esforço.

- Eu te levo para casa - ela ofereceu e ele aceitou.

No banco do carona, o vivaz ginasiano volta e meia batia com a mão espalmada na perna da condutora, em leves pancadinhas, entrevendo a dura maciez de sua coxa direita, enquanto repetia a cada vez:

- Obrigado por tudo. Se não fosse a senhora...

8

Onde é registrado como são as proximidades
das escolas paulistanas
e como nosso herói delas tirou o máximo proveito

Do sétimo ano em diante, o agora francamente adolescente Beto construiu sua ficha escolar e biográfica em estreita semelhança e também com notáveis diferenças com os demais contemporâneos do respeitável colégio.

Gastaríamos muita tinta para detalhar as inúmeras travessuras do filho do doutor Fidalgo, razão pela qual só registraremos algumas que exemplificam, segundo nossa particular avaliação, quase todas.

Elas aconteceram quando ele já frequentava o nono ano, e seus pais já andavam enfronhados na penosa escolha da escola onde o matriculariam para o antigo curso colegial, conhecido hoje como ensino médio.

O cenário das novas e ilustrativas aventuras não foi o ambiente interno do São Clemente e sim o vasto território de suas adjacências, mais precisamente um espaço misto de lanchonete, bar e salão de jogos, muito bem estocado com sanduíches, refrigerantes, bebidas alcoólicas e mesas de sinuca. Quem nunca viu um estabelecimento assim perto de escolas pode afirmar com toda a veracidade que jamais esteve em São Paulo.

Pontos turísticos ou de lazer à parte, o fato é que a corriola formada por gazeteadores tinha como ponto de reunião o Batidão. Todos os estudantes pagavam diariamente as despesas com o dinheiro das mesadas recebidas dos pais.

Beto, embora também aquinhoado por tal benesse, fez um trato com o dono, mediante o compromisso de quitar no final do mês o que consumisse, assinava todo dia as notas onde constavam os lanches e refrigerantes que constituíam sua dieta.

Por três meses o esforçado aluno do São Clemente honrou as dívidas, apesar de fazê-lo com alguns dias de atraso, mas isso não abalou a confiança do fornecedor em tão cativante criatura. As relações comerciais entre as partes só começaram a esgarçar-se a partir do quarto mês, visto o cliente não haver comparecido com o montante devido no final dos trinta dias.

- Pode deixar, seu Miro, no mês que vem acerto tudo - assegurou o inadimplente ante a perspectiva de ver seu crédito cortado.

É usual na condução dos negócios que haja a rolagem da dívida, como os economistas fazem referência ao numerário que devia já ter vindo e que teima em tardar para entrar na coluna dos recebidos. São coisas da vida mercantil que regem o toma lá e dá cá das pessoas, das empresas e dos países.

Quem disse, todavia, que devamos agora enveredar pelas ciências contábeis, tão brilhantemente analisadas e discutidas pelos especialistas em teorias econômicas? Afinal, aqui comparecemos para lançar no papel os meritosos feitos de Fidalgo.

Uma avaliação visual do endividado, feita por seu Miro, radiografou alguém de bons traços fisionômicos, de uniforme colegial em bom estado de limpeza e, pelo que tais indicações podiam sinalizar, de origem em boa família. Assim, o financiamento foi estendido para o mês seguinte.

Como desaparecem rapidamente as guloseimas que ingerimos e os líquidos agradáveis que sorvemos! E como correm as semanas em que, seguidamente, mergulhamos nesses pequenos prazeres!

Pois celeremente desapareceram lanches, salgadinhos, sucos e refrigerantes e voaram com a velocidade da luz os dias que restavam para o acerto prometido.

Então chegou uma sexta-feira, no final de mês, que era precisamente a data para o fim da pendura, esta palavra consagrada pelo uso popular e pela prática dos maus pagadores. Seu Miro apresentou a conta ao freguês, esperando o imediato pagamento.

O peralvilho sacou do bolso algumas notas novinhas e entregou-as ao comerciante.

- Quarenta reais, seu Beto!

- Mas você tá me devendo cento e vinte! Cadê os outros oitenta?

- Na semana que vem meu pai me dá o resto da mesada e pronto! Fica tudo certo! Pode botar a despesa de hoje aí no papelzinho. É um cheeseburguer e um suco de acerola.

- De segunda não passa, seu Beto. Os oitenta e mais o gasto de hoje, falou?

Ganha um suco de acerola ou de qualquer outra fruta e um cheeseburguer ou qualquer outro sanduíche quem adivinhar o que aconteceu na segunda-feira, o prazo inexorável ditado por seu Miro.

Ao balcão não compareceram aquelas coisas concretas que adquirem bens e serviços, não exibiram seus valores faciais nenhuma cédula e nenhuma moeda, por mais ínfima que fosse. Não gritaram presença a nobre ascendência e o bem cuidado uniforme. Muito menos os contornos pessoais do diligente estudante. E o que mais deixou seu Miro coçando a pulga atrás da orelha foi a absoluta ausência dos seus comensais do horário, todos adimplentes com exceção do nosso benquisto protagonista.

Ah, soubesse ele que tudo havia começado nas primeiras horas daquela manhã quando, às portas do colégio, Beto não tirava as mãos da barriga, queixando-se de uma indizível dor. Quanto mais os colegas perguntavam sobre a gênese dessa agonia, mais o interrogado proclamava que tinha sido o lanche recheado de pérfidas bactérias, algas perversas e tenebrosos vírus que inocentemente havia mastigado na caverna das doenças chamada Batidão.

Enquanto os sãoclementenses que almejavam aprender se enfileiravam pela entrada da escola, os enforcadores de aulas formavam uma figura geométrica denominada círculo, também chamada de rodinha, segundo a tendência de os leigos traduzirem conceitos que, de outra forma, pareceriam insondáveis elocubrações.

Nesse conclave pontificava firmemente Beto, alertando as potenciais vítimas dos lanches de seu Miro para evitarem tão nauseabunda cloaca.

Momentos críticos como a escolha de uma alternativa exigem a queima de incontáveis neurônios. Não foi o caso de Beto. Com muita facilidade ele logrou convencer a todos que existia outra lanchonete, numa via paralela à da asquerosa propriedade do demônio Miro. E para o novo paraíso todos foram conduzidos pelo Moisés da Pauliceia. O céu, tão prometedor, semelhante ao das escritas, quase dissemos escrituras, com maiúsculas e tudo, dos ancestrais analfabetos tecnológicos, era um lugar para onde não se convidavam as moscas, pois estas ali tinham livre ingresso.

O *homo sapiens*, seja o que for que isto signifique e estabelecendo-se as miríades de diferenciações entre os vários espécimes dessa categoria biológica, com certeza duas vezes pensaria antes de ali calcar os pés.

Viva alma por ali não se via. Atrás do balcão, um espigado atendente estava sentado em uma cadeira, olhos postos em um televisor revestido por crostas de gordura. As poucas mesas pareciam que estavam vazias desde a explosão do Big Bang. Com a chegada de tantos filhinhos de papai, como as classes desafortunadas e outras nem tanto intitulam certos frutos verdes ou maduros da sociedade, o próprio dono surgiu lá dos fundos e sorridentemente franqueou a casa à turba.

Para alegria de muitos, logo percebeu-se que ali o desembolso era menor, comparado ao do Batidão. Para augúrio de Beto, estendia-se ali um rubro tapete por onde poderia desfilar por um mês, sem se preocupar com o saldo negativo. Bastava-lhe saber dar o chapéu, empurrando com o abdome as continhas diárias e, por fim, considerá-las sem efeito, através de uma manobra que o afastasse daquela e o levasse a outra pousada.

A um glutão, ávido que fosse, não caberiam adjetivos para qualificar a devassa levada a efeito por Beto nas tentadoras frituras, a especialidade do Bar e Lanches Primavera.

Se no Batidão havia escolhas para a fome e a sede da turma, ali as opções eram limitadas a coxinhas, quibes e risoles e a alguns sucos de frutas artificiais, bem como refrigerantes de poucas marcas.

É bom que se diga que Beto, nas primeiras horas daquela manhã, havia estabelecido um protocolo de intenções com Zé Ceará, o dono da espelunca. Ficou combinado que ele traria um monte de amigos, os quais pagavam na hora, como fez questão de deixar claro. E ele, Beto, quitaria suas despesas no final do mês. Assim fica explicada a devora dos artigos oferecidos pelo Primavera, assimilados pelo organismo do pelintra sem o pronto desembolso.

Pais ciosos da saúde dos filhos certamente abominariam as tranqueiras alimentícias que Beto e os colegas esvaziavam das vitrines sobre o balcão, mas quem pode frear o apetite desses seres ainda em formação? Quem consegue desviá-los da sedução de massas fritas e recheadas com fiapos de carne de frango, de presunto, de queijo?

Ao longo de um mês a patota marcou ponto no local. Findo o período objeto do trato, Zé Ceará chamou Beto de lado e pediu a soma a ele devida.

- Amanhã, seu Ceará, recebo a mesada e pago tudo! Inclusive as três coxinhas e o refri de hoje! - assegurou o cobrado.

Se uma estratégia deu certo uma vez, por que não repeti-la? Caminhar por alamedas conhecidas e por isso mesmo garantidoras de uma sensação de segurança, falsa ou verdadeira, não tem sido uma das páginas mais lidas do manual de sobrevivência da humanidade?

Beto não era nenhuma *avis rara* ao insistir na mesma cantilena já empregada antes com seu Miro do Batidão.

Seu Ceará esperou o dia seguinte, que amanheceu com uma reunião de Beto e seus cupinchas às portas do São Clemente.

Só para ficarmos no item repetição, anote-se que nosso escorregadio Fidalgo novamente levou a mão à pancinha, fez cara de estar sofrendo intensa dor e botou a culpa por tal incômodo nas malditas frituras servidas no Primavera.

Não decorreram dez minutos e toda a rapaziada estava acompanhando Beto rumo a um novo abrigo para aquelas horas roubadas à frequência das aulas. Citar o nome desse terceiro oásis não faz parte do escopo desta obra e assim fica o leitor poupado de conhecê-lo.

Um mínimo de atenção às artimanhas de Beto mostra que ele refinou o golpe. Se a seu Miro ele ainda entregou alguns reais, a Zé Ceará ele furtou-se (que belo tempo verbal) a honrar qualquer parcela de sua dívida.

E antes que surja a pergunta quanto aos dias letivos perdidos e ao prejuízo disso decorrente na avaliação escolar? Sejamos honestos ao afirmar que o São Clemente, como bom representante do nosso escorreito sistema de ensino, tinha como principal departamento o de contabilidade, portanto, no encerramento do período, todos os pais, sejam eles dos que foram às aulas, sejam dos que as removeram da agenda, pagaram religiosamente mensalidades e rematrículas e todos os seus herdeiros ficaram habilitados a entrar para o primeiro ano do antigo colegial, que os clarividentes burocratas governamentais chamam hoje de primeiro ano do ensino médio.

Louvemos tanto a sapiência dessas autoridades na meritória tarefa de renomear as coisas mantendo-as as mesmas quanto a suprema visão filosófica-administrativa dos colégios em geral e do São Clemente em particular na questão da gestão contábil. Tratando-se de aumentar a capacidade de gerar lucros, eles se equiparam às mais respeitáveis casas bancárias. Na vida pode haver algo mais excelso que a solidez?

Vamos então matricular-nos no Santa Eudóxia e sentarmos junto a Roberto Fidalgo naquelas salas por onde passaram, passam e, salvo imprevistos, passarão os capitães hereditários e os novos tenentes que regem as lides econômicas, políticas e culturais da nossa encantadora capital.

9

Onde entra de forma concreta
a aplicação da equação de que já demos notícia,
é mostrado como uma farsa romântica
produz resultados
e é revelado o definitivo apelido do jovem Fidalgo

Aos ecologistas devemos a descoberta das maravilhas da Natureza e seus esforços para preservá-las, tal qual, originalmente, saídas das mãos de um misterioso Criador, precisamos ser eternos agradecidos.

Esses despretensiosos cruzados declaram que aquela mesma Natureza conhece seus caminhos, seus atalhos, suas bifurcações e seus quejandos. Reconheçamos que, se não fossem por eles, o Universo já estaria extinto.

O que isso, porém, tem a ver com a progressão de um filho de médico de Pinheiros pelas veredas sem buritis de um grande, gigantesco sertão que se desenha no mapa com a configuração do município de Sampa? Ora, direis, escutai as buzinas. Vinde a Roberto Fidalgo todos vós que vos sentis perdidos!

Na dita primeira série do médio, operaram-se transformações não restritas ao currículo educacional, mas estendidas ao meio ambiente onde o preclaro Beto estava inserido e ao seu próprio amadurecimento físico e mental. Glândulas, hormônios, neurônios e tantos outros elementos que constituem nossos corpos resolveram, em um determinado instante, cantarem em coro, regidos por um insondável maestro. E o Beto, que até este momento alguns de nós poderíamos julgar devidamente desvendado, deu para fazer um *upgrade*, se é que podemos emprestar da Informática um de seus termos mais corriqueiros. As mudanças foram acontecendo no ritmo do coral que se apresentava no palco interno do santaeudoxiense. Era a tal Natureza procurando suas vias de expansão. É desgastante tarefa alinhavar todos os momentos dessa fase descobridora, pelo que mais uma vez nos limitaremos a apenas um deles, suficiente para a descrição das alterações que ocorreram e para verificarmos a estabilização da personalidade do impecável mancebo.

No rol dos cambiantes detalhes estavam a altura agora maior, o sistema de pensamento agora mais aguçado e a voz agora mais encorpada. O engrossamento da emissão oral não lhe tirou uma peculiar e melíflua verberação, o que significa que esse obstinado aluno manteve aquela doçura ao falar a que já nos referimos. Quanto aos gestos e à atitude, que ele sempre utilizou com rara maestria, é certo que não sofreram nenhuma notável modificação. De maneira paralela às atualizações em seu perfil físico, mental ou psicossomático, como nomeiam os detentores da sabedoria médico-científica, o até aqui Beto vivenciou a troca de apelido. E o justo dia em que isto aconteceu coincide com o fato que passamos a contar.

Na primeira série do Santa Eudóxia lecionava-se, como em todos os estabelecimentos mercantis, digo, escolares, de igual nível, uma complicada matéria chamada Física que, ao lado da Química e da Matemática, constituem um triângulo de fogo por onde os discentes têm de fazer uma obrigatória passagem. São disciplinas que cobram uma profunda aplicação, hábito a que grande parcela dos aprendizes não prestava vassalagem e, como dita a lógica, a falta de dedicação acarreta dificuldades no aprendizado. Roberto Fidalgo não passou ileso por essa ausência de afeição a tão elevados ramos do conhecimento.

Se nessa etapa ficou um tanto difícil a fuga das aulas, não por vigilância paterna e sim pela ausência de Batidões e Primaveras na periferia do sacro colégio, o remédio amargo foi frequentar as classes onde abnegados professores tentavam enfiar, goela abaixo, as intragáveis doses daquelas nebulosas novidades.

Como é norma, chegou um dia em que seriam efetuadas as primeiras provas de Física, Química e Matemática. Beto, que mal ouvia o que os professores diziam, mal anotava as lições em seus cadernos e mal pegava os livros para estudar, percebeu que iria tirar notas muito baixas. Ao seu lado sentava-se uma garota que era considerada um gênio nas chamadas Ciências Exatas e acontecia de essa sumidade ser uma colega, pois o Santa, como era alcunhado o colégio, ao contrário do Alma Mater e do São Clemente, admitia mulheres em suas fileiras. Em cima de Vânia, este o nome dela, Beto foi construindo um eficiente emaranhado de teias. A ponta desse tricô começou por uns olhares que, desde os dias iniciais do curso, o sagaz companheiro lançou sobre ela. Se os olhos são a luz da alma, segundo consta em um versículo evangélico, Beto esmerou-se em colocar chamas nos seus.

Pobre Vânia! Que moça consegue erguer um anteparo a tão fulminante força? Derreteu-se a menina ou, mais apropriadamente, já que era uma excelente captora daquela metafísica intitulada Química, fundiu-se. Os harpejos de seu coração, contudo, não a afastaram da concentração nos vértices do mencionado triângulo de fogo. Continuou exemplar aluna sem deixar de cair nas malhas da paixão. Aplique-se a equação $D \times E = R = S$, façam-se os cálculos e contemplemos o inexorável resultado. Como dissemos, para Beto o temor do pífio desempenho no exame era imenso e, evidentemente, desejava a aprovação, de preferência obtendo alguma coisa bem acima de cinco. Já o elemento E, que corresponde ao esforço que devia fazer, não era assim tão extenuante. Para que servem, afinal, a voz, os gestos e a intenção de um bem contemplado pela mãe-natureza? Consciente ou inconscientemente, Beto aplicou a fórmula. Principiou pela ponta do novelo, conforme anunciamos há pouco, isto é, pelas setas de seu olhar. No segundo manejo, de suas finíssimas agulhas, deu outros pontos, tecendo e entretecendo a voz com pingos de rubras e moduladas ardências e, por fim, arrematando a sutil costura com a manifestação explícita de sua intenção.

- Vânia... Respiro fundo seu nome como se fosse minha própria respiração...

- Nossa, Beto!

- Todo o tempo me belisco pra ver se não estou sonhando... não pensei que o amor fosse assim tão... tão... maravilhoso!

- Puxa, Beto!

- Se eu fosse poeta, faria pra você uma poesia cheia de rimas...

- Ah, Beto! Estou escutando a música dos anjos... tudo que você fala parece... parece um papo de anjo...

Ignora-se quem ouviu o entrecortado diálogo. Sabe-se apenas que as últimas palavras retumbaram em eco sobre o pátio do Santa, alcançaram pela repetição o sistema auditivo de todos os rapazes e de todas as moças. Foi o que bastou para que, a partir desse determinante minuto, aquele que era chamado de Beto se transmudasse para a inefável alcunha de Papo de Anjo.

Pobre Vânia, repetimos! No enrosco da teia, teve de resolver todas as questões de Física, Química e Matemática nos decisivos dias das provas. As delas e as do seu imorredouro amado. Contribuíram para isso, além das palpitações apaixonadas do coração, o fato de ambos ocuparem as últimas carteiras da sala, fato associado a uma nunca declarada miopia do examinador de Física e ao hábito de os inquisidores de Química e Matemática não arredarem pé das proximidades de suas mesas. A tramoia efetivou-se com sucesso, devido a essas linhas soltas pelo Universo, feito fios desencapados, a que sapientes pesquisadores dão o nome imaginoso de aleatório ou randômico. Aliás, a própria Física, quântica ou não, parece fazer questão de esfregar na nossa face esses fiapos invisíveis.

Espertamente, Vânia cometeu dois ou três erros nas folhas de exercícios assinadas por Papo de Anjo, o que não impediu que o idolatrado Romeu tirasse um fortíssimo sete, um redondíssimo oito e um ineditíssimo nove nas referidas barreiras contra intrusos.

Se alguém achar que, dali em diante, o devotado aluno debruçou-se sobre os compêndios, libertando-se da ajuda da namoradinha, é provável que esse alguém não saiba como funciona a mente humana e, mais especificamente, a do nosso bravo herói. Ao contrário, acentuou-se nele uma feliz inércia e ampliou-se a distância que ele mantinha da enfadonha rotina escolar. Tal displicência prosseguiu durante todo o primeiro ano, bem como continuou a bem-vinda colaboração de Vânia. E assim, sejamos obrigados a verificar a precisão da sensaborona fórmula. Preenchidos os termos D e E, correspondentes ao desejo e ao esforço, vemos que R foi o resultado pretendido, que por sua vez equivale ao S da sensação, após mitigado o dito desejo. Esse S, como pode ser adivinhado, foi um passageiro bem-estar logo seguido por um prolongado sentimento de tédio, o que na prática significou, nos estertores do ano letivo, seu afastamento da desolada Vânia.

Os olhos joviais de Papo de Anjo já não dardejavam brilhos, de sua boca já não saíam as borboletas de asas azuis voando por entre as flores, a pretensa intenção de namoro já não ocultava uma explícita e calculada rejeição. Pobre, paupérrima Vânia! Subiu com louvor para a segunda série e desceu com horror do altar que o labioso idólatra lhe erguera e onde a entronizara.

De qualquer forma, se isto serve de consolo para os que queriam um inebriante clima romântico ou uma reprodução do idílio entre Marília e Dirceu, como registram as antologias literárias, é conveniente saber que ela tratou de se matricular, no período seguinte, em um distante colégio. É evidente que Roberto Fidalgo, a essa altura rebatizado socialmente, não acompanhou a ex-diva em seu novo endereço de aprendizagem. Seus caríssimos pais resolveram que ele devia continuar andando pelos mesmos corredores e apoiar-se nos mesmos corrimões das mesmas escadarias onde obteve boas notas. Ah, se fôssemos sarcásticos, diríamos mesmíssima acolhedora escola.

Humildemente reconhecemos a ignorância quanto ao que transcorreu no segundo ano, mas não saber uma parte não é desculpa para não contar as outras que sabemos e, inversamente à Natureza que não dá saltos, como assinam embaixo os biólogos e outros sabichões, iremos pular para a derradeira série do formidável curso.

Urra! Viva! Papo de Anjo está, neste estágio da nossa historieta, em pleno terceiro ano do ensino médio do valoroso Colégio Santa Eudóxia. Será que não vale a pena adentrarmos com ele por esse novo e prometedor portal?

10

Onde repete-se, com ligeira variação,
uma experiência do insigne Fidalgo
no relacionamento com o sexo frágil
e poupa-se ao biografado a colocação
do cetro da humilhação sobre sua cabeça

Honra e glória sejam proclamadas para sempre a todos os paulistanos de todos os sexos que conseguem vencer os obstáculos intelectuais esparramados pelas complexas disciplinas do nosso notável ensino médio. Multiplicadas sejam essas honrarias para quem, como o destemido Papo de Anjo, consegue galgar esse pódio olímpico que o sistema chama de último ano do ex-colegial. Seria uma façanha digna dos Doze Trabalhos de Hércules, não fossem algumas facilidades distribuídas durante esse périplo.

O conceito de fácil está aqui relativizado, pois facilitar é um verbo que, como pagar, pertence à primeira conjugação e, às vezes, vira sinônimo deste último. Quem disse que não se deve jurar alguma fidelidade à gramática?

O incansável médico de Pinheiros cumpriu com acendrado denodo a obrigação de varrer os estábulos de Áugias, o que em bom paulistanês quer dizer quitar mensal e religiosamente os boletos. Os demais doutores e não doutores que não fizeram esse hercúleo trabalho depararam-se com a tragédia grega ou brasileira, depende do ponto de vista histórico-geográfico, de extraírem seus filhinhos do Santa, transferindo-os para uma outra acrópole, mais econômica e infernal e que, de qualquer jeito, os depositariam no mesmo pedestal de vitória.

Ponham-se no lugar de Papo de Anjo em seus 17 anos, usando uma técnica que na língua britânica se chama *Role Reversal* e, em melhor português, é Troca de Papéis. É suficiente colocar-se na pele do outro com quem, em alguma situação, estamos interagindo, assumindo o que esse outro possa pensar, imaginar e querer. Não estão sentindo uma letargia que comanda essa nebulosa denominada espírito e que toma conta do cérebro? Se tais sensações podem ser enquadradas como preguiça, outras há que vão pela via oposta, praticamente determinando que se contrariem as ondas de marasmo. Essa observação é oportuna, pois junto com a dita lassidão não estão acaso percebendo, nesse câmbio de perspectivas, outras forças contrariando as ordens de ficarem parados e impulsionando-os para correr pelos prados da sensualidade, rédeas soltas ao soprar dos ventos?

Felicitações a quem incorporar essa inversão, literalmente vivendo o que os sentidos de Papo de Anjo captavam.

O Santa, diga-se a verdade, colaborava para a efusão dos hormônios através das dezenas de ninfas que cruzavam os corredores e o pátio e sentavam-se próximas do nosso sátiro, se é que não estamos transplantando para as terras de Piratininga a mitológica paisagem da vetusta Grécia. Uma dessas figuras atendia por Sandra, nome cuja origem ou gênese filológica, como atestam os arqueólogos das palavras, radica no léxico helênico, o que representa duas belas coincidências. A primeira delas porque estávamos há pouco nos reportando à pátria de Platão e a segunda em razão de tal nome significar "mulher que ajuda a humanidade", descrição que se ajusta de corpo e alma ao que Sandra representou no contexto de que fugimos ainda agora. Mas, basta de vã erudição! Passemos ao que é o real objetivo de nossa saga, o que implica registrar que os olhos de Papo de Anjo quase lacrimejavam de tanto se fixarem nas pernas da mais bela representação da raça humana, ao menos naquelas porções que se exibiam pouco acima dos joelhos, visto que a curta saia da tentadora chegava a esses limites.

É sabido que toda mulher, seja em que faixa etária estiver, sabe pela prática e pela intuição quando um admirador, um explicitamente apaixonado ou um interessado está nas cercanias. Diferente não foi com Sandra, posto que, assim que notou as flechadas oculares de Papo de Anjo, tratou de auxiliar, de acordo com a etimologia de seu nome, os propósitos daquele tão faminto pelo seu pão. Ela não encurtou a vestimenta na altura da cintura para atrair ainda mais a presa e nem precisava, uma vez que a caça dessa Diana já se encontrava no centro de seu alvo. Respondeu com a mesma arma do duelo, olho contra olho, deixando-se ficar admirada. Avançando pela tática, abrindo ora um sorriso, fechando ora uma pálpebra, assentiu à abordagem. Abordagem é um termo que, na língua em que nos expressamos, é considerado um galicismo, alguma coisa vinda das distantes terras da França. Os puristas acham que devemos falar e escrever, em vez de abordar um assunto, discorrer sobre ele. Cala-te boca! Quem disse que estamos desfraldando a bandeira do nacionalismo linguístico? Vamos direto às promessas das pernas, da boca sorridente, dos olhares semicerrados e semiabertos e dos demais meneios que Sandra propiciou ao aceso colega do Santa.

Luxúria, um dos sete pecados capitais trombeteados pelos teólogos, reside nas profundezas de qualquer mortal e vez por outra aponta a cabeça para o alto dos céus. Feliz Papo de Anjo! Atualizastes o que a filosofia diz de tudo que, de acordo com ela, reside na vaga condição de potencial. Usufruístes das benesses propiciadas pela ardorosa vestal.

Foi no escurinho da garagem do edifício onde a prometida morava que tudo aconteceu. Mas quão ingrata e injusta é a vida! Foi ali, também, que Papo de Anjo descobriu, após algumas semanas, com quantos outros a deusa repartia as delícias de sua feminina constituição!

Longe estamos, ó vitimado Papo de Anjo, de pôr sobre a base de vossos cabelos a coroa humilhante de dois ossos pontudos tirados da cabeça de um touro. Procuramos, isto sim, apontar para um fenômeno típico dos dias em que viveis, quando moçoilas não se perturbam com exarraigados princípios no campo da sexualidade e se postam, quais ávidas messalinas ou inocentes bacantes, à disposição dos que chegam e vão e apreciam aquele vaivém que por *saecula saeculurum*, é outra vez o latim, embalam a nossa espécie e graças ao qual nós mesmos estamos aqui nesta Pauliceia Desvairada, como disse o bom Mário de Andrade.

Que os leitores atentem para a época em que nosso Fidalgo vai aos poucos escrevendo sua história. Ela é etiquetada, como declaram os sexólogos, os sociólogos e outros ólogos, como a era da liberação feminina, quando não da permissividade em todas as áreas do comportamento humano, o que inclui e enfatiza a da nossa tão decantada vida sexual.

Cai a cortina!

É assim que os dramaturgos marcam a passagem entre um ato e outro nos espetáculos teatrais. Está na hora de passarmos para uma nova narrativa dos percalços de Papo de Anjo. Se alguém na plateia, nos balcões, nas frisas e nos camarotes tiver à mão um binóculo, aconselhável é que regulem as lentes. Acompanhar alguém que no palco revela ou esconde esgares na face, nos pensamentos e no caráter é tarefa apropriada para potentes telescópios e não menos minuciosos microscópios.

Vá lá! Acreditamos que um singelo binóculo dê para acompanhar essa pantomima!

11

**Onde é desvelado o drama de Fidalgo
ante a imposição paterna
na escolha de seu currículo acadêmico
e é mostrado como o impávido rapaz sucumbiu
ante o palavrório do clínico de Pinheiros
quando este lhe acenou fatias mensais de dinheiro**

Corrida de ratos é como alguns estadunidenses, filhos da grande Nação do Norte, denominam a perseguição dos moços e dos nem tanto jovens a essa predominante ideia de sucesso que parece catapultar os nascidos sob a égide dos tempos modernos.

Sejamos breves e concisos, disse uma vez um imortal patrício, talvez Rui ou Machado, de que nos importa quem? Passemos então à vacilante escolha da faculdade, posto que Papo de Anjo saiu, a duras penas e a mais duríssimos desembolsos paternos, do último ano do fatigante nível médio.

De comum acordo, papai e mamãe relutaram em matricular o infante nos tais de cursinhos que vivem prometendo, às custas do medíocre ensino proporcionado pelas escolas de nível médio, sejam públicas ou particulares, o tão sonhado ingresso em uma instituição superior. Seja dada ênfase às públicas, no tocante ao medíocre, visto que, em tempos idos, eram elas as estrelas-guias para quem queria aprender, não importando quanto os pais tivessem no banco. Não bastava, todavia, eliminar o tão essencial cursinho. Papai e mamãe almejavam que o filho único vencesse a barreira do vestibular, encontrando um porto seguro, o que, traduzindo-se para o jargão objetivo da vida prática, significa encontrar o meio mais fácil para galgar as escadarias da faculdade.

O distinto casal pensou em submeter o garoto a um teste vocacional, essa espécie de cartomancia que alguém um dia inventou pensando em simplificar o difícil trabalho de adivinhar em que ramo de atividade os que ainda não trabalham poderão obter gratificantes êxitos na esfera profissional. Em vez de cartas de tarô, os que se submetem a esse tipo de exame veem diante de si um leque de alternativas. São expostos a uma série de perguntas ditas objetivas e subjetivas. E, por fim, avaliados por um psicólogo, descobrem que, ao invés de abraçarem a especialidade que estava em seus sonhos, devem ficar de olho em outra que propicie melhores condições de atingir o seu queijo sem que ninguém mexa nele.

Dias antes da decisão sobre para qual escola superior ele teria de fazer o vestibular, o gongo do destino soou de uma maneira contumaz, ou seja, como o sino ou os sinos do destino costumam bimbalhar em certas ocasiões em que estamos na iminência de decidir que direção tomar na existência. O papai médico viu em um programa de televisão que o mercado para os futuros diplomados estava bastante saturado, exceção feita para algumas áreas. Entre estas, a de Veterinária, a de Administração de Empresas e a de Turismo. Tão útil informação tornou desnecessário aquele teste.

- Você vai fazer Administração de Empresas. Aí está o futuro! - disse o progenitor do nosso paulistano, objeto desta história.

- Mas, pai, eu quero ser...

- Você vai ser o que o mercado espera de você. São três alternativas. Se fizer Veterinária, vai acabar tratando de gatos de madame. Turismo está fora. Não quero meu filho metido no meio de guias homossexuais e pervertidos... Conduzir uma empresa é como ser Deus... Põe, propõe e dispõe...

O diálogo, se podemos rotular assim um monólogo, durou uns quinze minutos. Ao final dele, Roberto Fidalgo estava encaminhado na vida. Iria ser Deus. Mandatário absoluto.

Será que vale a pena acrescentar aqui que, fizesse Papo de Anjo o tal do teste vocacional ou aceitasse, como aconteceu, as ponderações do pai, as raízes da frustração teriam rompido com igual fúria a fina camada de cera que, neste caso e em tantos outros, ocasiona uma mal resolvida adaptação ao mundo lá de fora? Quantos homens barbados e mulheres depiladas não conhecemos que, pegos em tais armadilhas, não sentem hoje que lhes faltam pedaços, mesmo os bem-sucedidos e bem-sucedidas nas lides profissionais?

Bem, apesar dos protestos tímidos de Papo de Anjo, ele não logrou convencer o doutor pai, sendo por este convencido a fazer um curso que não lhe passava pelas sinapses e pelos neurotransmissores de sua, convenhamos, ainda não tão sedimentada massa encefálica. Mas há que lembrarmos que, como foi anteriormente apontado, quem gera um peixe possui certamente as escamas, as guelras e as nadadeiras desse animal. Tanto é que, no último instante do monólogo, ouviram-se mais três frases.

- Tem mais uma coisa - disse o pai. - Vou te dar todo mês uma mesada. Para suas despesas de homem, você sabe...

Golpe de mestre, alguém poderá falar. Um perfeito arremate.

Abandonemos essas observações, já que neste relato não cabem notas no fim das páginas. O que, de maneira perseverada ou nem tanto, procuramos deitar nestas folhas é a tentativa de biografia de nosso herói brasileiro dos últimos tempos: Papo de Anjo.

Paremos brevemente, entretanto. É bom esclarecermos aqui que o tal porto seguro avistado pelos pais consistiu em uma alta soma paga antecipadamente à escola escolhida, o que valeu a matrícula garantida e, nem é preciso dizer, a eliminação do dragão soltando fogo pelas narinas chamado vestibular.

Entremos com o garboso paulistano nos umbrais da Faculdade de Administração de Empresas da suprema Universidade Personalitas de São Paulo.

Personalitas? É um bom nome. Personalitas radica, afirmam os catedráticos, no latim *persona*, como eram chamadas as máscaras que cobriam os rostos dos atores em Roma e na Grécia dos tempos primevos. Então, quando falamos em personalidade, estamos na realidade discursando sobre falsas identidades. Mas quem disse que a esta hora tais divagações semânticas vão alterar o caminho por onde Papo de Anjo está prestes a seguir?

12

Onde é contada a inclusão do nosso protagonista
no rol dos privilegiados da elite
e é registrada uma nova incursão
pelos atávicos meandros da sexualidade

Os mais pios dizem que modéstia nunca é demais. Invocam a humildade como o suprassumo do comportamento humano ideal. Vá alguém falar isso para o reitor da Universidade Personalitas! O homem, um senhor de óculos de aros finos e uma reluzente careca, metido num terno azul de fino corte e tendo por divisória do magro tórax uma gravata italiana riscadinha, anunciou para o egrégio público que ali ia ser proferida a Aula Magna. Com esse título dado a uma aula de abertura, ele prostrou todo o supramencionado ideário. Apenas com essa declaração ao moderníssimo microfone, ecoada por roufenhas caixas acústicas, ele deixou nas entrelinhas que, ao contrário dos pios, a Personalitas acreditava que pretensão jamais é supérflua. E que qualquer manifestação de humildade está fadada à lata de lixo em nossa nunca por demais exaltada convivência social.

Dá para imaginar um meio perdido Papo de Anjo, sentado na terceira fila do auditório, assimilando tamanhas magnitudes? Ele apenas ouviu por um ouvido e deixou sair pelo outro uma longa cantilena do convidado do reitor para, e aqui traduzimos o Magna, a Grande Aula. Acontecia que esse fenomenal professor era nada mais nada menos que um ex-ministro da Fazenda de um desses governos que, nas campanhas eleitorais, vêm para nos redimir dos males do País, só que, no efetivo exercício governamental, insistem em provar que nós, brasileiros em geral e paulistanos em particular, somos mesmo uma riquíssima massa para a moldagem de suas experiências político-administrativas, quando não ilusoriamente ideológicas. O que recitou para a assistência esse modelar pai da pátria foi um misto de loas à infalível ciência econômica e hosanas ao arrojo dos empreendedores, esses modernos desbravadores que avançam sem medo das florestas e pântanos da competição, multiplicando o capital, liderando a Nação e postando-se acima de tudo e de todos.

Se escutamos neste instante um plácido ressonar, vem ele da relaxada respiração de Papo, entregue aos braços de Morfeu, em plena primeira lição. Desta, nem os mais escondidos dos recônditos de sua flora cerebral ousariam dizer que haviam compreendido uma só das solenes frases declamadas pelo iluminado orador. Nosso dorminhoco só acordou com os aplausos que os professores lá no alto do palco, e os alunos lá embaixo, unanimemente espocaram em religiosa concordância com os enunciados acabados de ecoar.

Quem ali, afinal, não estava sintonizado com o *mainstream*, como dizem os americanos, ou seja, o pensamento-mãe que embala os devaneios dos que ingressam no ensino superior? Mas chega de Aula Magna. Cabe aqui um resumo do que Papo de Anjo vivenciou nos primeiros dias da Personalitas.

Ele, que nunca na vida havia percebido que a mesada que lhe dava o pai representava uma coisa chamada Receita, do mesmo modo que jamais tivera consciência de que seus gastos colegiais tinham o nome de Despesas, ficou meio intrigado com tantas denominações. Verdade seja dita que tais revelações não chegavam aos pés das demais descobertas feitas nas salas, nos corredores, no pátio e na saída da fecunda fábrica de diplomas. Oh, uma correção cabe aqui. Ou uma errata, como as modernas ciências jornalísticas ensinam para os escribas da imprensa que, fiéis aos preceitos ruminados, publicam suas corrigendas nos jornais e revistas, após exaustivo crivo. Assim, onde grafamos fábrica de diplomas, leia-se, por favor, matriz de conhecimentos.

Quem ainda estiver com o binóculo ou com os microscópios citados em um anterior capítulo, por favor, pegue um desses pequenos recursos ópticos e ajuste as lentes para vislumbrar os passos do agora universitário Fidalgo. Logo, qualquer um pode ver que os itens ensinados cujo objetivo era transformar alunos em bandeirantes, como ficou patente na exemplar preleção do ex-titular da Fazenda, sucumbiam ante pouco ortodoxos apelos.

MULHERADA. É bem provável que essa singular e plural palavra seja mais poderosa que a já registrada FOGO. Assim como a combustão ganha de Deus, conforme dissemos em um anterior relato, mulherada vence fogo por folgado placar. E mulherada é o que não faltava, entendido esse popular coletivo de mulher como uma reunião efusiva de atraentes fêmeas, numerosas em quantidade e esbanjadoras daqueles dotes formais com que a natureza esculpiu a vertente feminina com vistas à perpetuação da espécie. Só alunos mais aferroados à sede do saber ou os guiados pela fome da anatomia do mesmo sexo poderiam quedar imunes a tais quantidades e a tais atavios. Papo de Anjo não pertencia a nenhuma dessas categorias e no embalo dos hormônios, das seduções, das novidades e das irresistíveis ofertas que proliferavam na Personalitas, preferiu as sereias humanas às insípidas teorias administrativas.

Dois meses ou nem tanto depois da sua entrada na admirável instituição podemos ver o intimorato Fidalgo estufando o peito e batendo as asas em cima de uma franguinha, seja-nos permitido assim chamá-la, só pela coerência com essa comparação aviária, também catalogada como metáfora pelos vigilantes gramáticos. Não foi a mais fácil nem a mais difícil. Foi a que mais perto chegou do seu bico. Não apenas por sentar-se ao lado dele, mas devido a uma proximidade prolongada em um dos barzinhos em frente à faculdade. Nesse local que, para uma boa parcela dos estudantes era como uma extensão da escola, senão as próprias aulas, Papo e a metafórica aluna desenvolveram uma parceria bem próxima da cumplicidade. Na sequência das manhãs assim fruídas, os seios escapando da camiseta, as coxas esculpidas no torno dos arregalados olhos de Papo e o *derrière*, como dizem os franceses, jogando-se quase para fora do apertado jeans, tricotaram uma rede onde um dia o peixinho, torturado pela isca, enroscou-se ofegante.

- O que você vai fazer hoje à tarde? - o sem escamas perguntou.

- Ah, hoje - sibilou, jogando os cabelos para trás, a Náiade - vou curtir a solidão. A Cris, minha colega de apartamento, faz um curso de legislação. Ela quer ser funcionária pública e está se preparando para o concurso. Vai estudar com uma amiga. Ficarei sozinha em casa.

- Vamos juntar as nossas solidões, então?

- Beleza. Passa lá às três.

Naquela tarde as solidões foram ajuntadas em cima da cama de solteira de Cissa. A solitude, essa quase irmã do vácuo existencial, é um sintoma que só com a repetição do remédio pode ser sanado.

O parzinho seguiu a receita. Em uma série de tardes, em que a abençoada Cris continuou ausente, Cissa medicou o paciente e este a medicou.

Acabaram ficando, e ficar não significa aqui permanecer em um lugar. Traduz, isto sim, um ritual da sexualidade dos jovens destes dias, passageiro como uma nuvem que rapidamente se desloca. Pombinhos que ficam sempre juntos, nos shoppings e bares, ou experimentam o aconchego de uma alcova, um dia sentem que precisam bater as asas e... *adieu*! Esclarecido o já não tão novo sentido de ficar, eis que desponta uma pergunta: o que é dissimulação? Papo só o soube três meses depois do início dessa peregrinação ao santuário de santa Cissa. Pois a hábil amazona, tantas vezes cavalgada e, como convém a uma lendária guerreira, outras tantas vezes cavalgando, comunicou a Papo que, em virtude de um noivado com um filho de um famoso juiz, estava na hora de interromper aquelas tardes *calientes*. Vai aqui, sem tirar nem pôr, exatamente o vocábulo do idioma espanhol empregado pela noviça em seu comunicado. Isso demonstra, como dizem certas beldades em entrevistas, que elas querem ser reconhecidas pela beleza interior, enquanto a plebe ignara insiste em ver nelas apenas seios, pernas e bundas (seja-nos permitido escrever palavras tão chulas). Cissa, podemos ver, ao menos conhecia outro código linguístico. Cai em terrível engano quem pensar que, a essa altura, Papo de Anjo foi adquirir uma arma de fogo ou uma espada de samurai para cometer harakiri. Nenhuma variedade de suicídio entrou em sua cachola. Não vamos recapitular a sonífera fórmula cheia de letras que demonstra, segundo nossa avaliação, o que ocorre quando um ser humano, isto é, nós todos, atingimos o ápice do que queremos.

Saciada sua busca ao Santo Graal de Cissa, encontrou-se ele em um perrengue. Aqui vai, mais uma vez, uma concessão à língua bárbara em que, ó sociedade, vós vos expressais nestes tempos de tantas agruras. O tal perrengue consistiu em um novo dilema. Onde ele iria agora despejar o suco genésico que, atestam os cientistas e confirma a prática, é a Fonte da Vida? Ora, é claro que em tais tempos isso não chega a ser um problema para um bem nascido filho de médico, estudante de administração em uma das mais respeitadas instituições de ensino. Larguemos essas preocupações. No mesmo ano letivo Roberto Fidalgo encontrou outras Cissas, outros santuários e outros santos graais. E de encontrar tantos refúgios para sua imersão em uma nunca vivida existência, o número das conquistadas correspondeu a igual quantidade de satisfações passageiras. E a idêntica quantia de novos impulsos em direção a um novíssimo território, sempre imaginado pleno de deleites. Nunca gozados a contento, cabe aqui dizer. É lógico que, com tanta diligência em um campo não estritamente escolar, o empenhado estudante não conseguiu acompanhar o desenrolar das aulas, o que resultou em perda de importantes lições que todo bandeirante ou aspirante a divindade deve saber de cor e salteado.

Findo o segundo semestre, o esculápio de Pinheiros arcou mais uma vez com um gasto extraordinário. As burras da Personalitas, sejam tais burras os cofres ou a conta bancária, foram preenchidas com um adicional quinhão de numerário. Papo de Anjo estava apto a cursar o segundo ano. O que só não o fez devido a uma cena presenciada pelo nosso mimoso universitário que, valha-nos Deus, sentiu-se por ela tão atraído que praticamente no mesmo instante tomou a resolução de que alteraria o ritmo e o compasso de sua existência.

Àqueles e àquelas que ainda não se sentiram plenos e plenas, ou enojados e enojadas, das aventurinhas do ínclito paulistano, remetemos neste momento o convite para que prossigam acompanhando as marcas de suas pegadas pelas areias destas praias sem mar que é, assim escreveriam os românticos, a augusta e sempiterna São Paulo, cujos dias e noites sob o sol e as demais estrelas transcorrem.

13

Onde é descrita a visão de Roberto Fidalgo
que lhe deu uma inesperada inspiração,
a qual pelo fenômeno da sublimação
o transformou em cultor do vantajoso ócio

Fôssemos acurados historiadores e poderíamos dar o ano, o dia, a hora, o minuto e até a milimétrica fração de segundo em que tudo aconteceu. Não o somos, contudo. Descontem, por gentileza, a falha. Estejam presentes apenas no devido lugar em que a cena acima anunciada ocorreu. Não há motivo algum para não revelar o local. Foi na confluência da Avenida Brigadeiro Luís Antônio com a Avenida Paulista, um dos corações da cidade, tantos ela tem, sendo este coração bem variável. Isto é, cada um dos milhões de habitantes da nossa originária aldeia jesuítica receberá de modos diferentes na pele, nos ossos, nos pulmões e na alma, esta invenção mística, os eflúvios da vida abundante que corre pelas artérias do antigo vilarejo de Anchieta. Mas, chega de inúteis dissertações. Vamos imediatamente à intersecção daquelas vias.

Pois bem, estava Papo de Anjo com um pé já na faixa de pedestres para atravessar a Brigadeiro. Logo à sua esquerda um vendedor ambulante, diante do balcão improvisado, constituído de uma tábua apoiada sobre dois cavaletes, modificou o que seus olhos e ouvidos estavam captando. Isto fez com que ele tirasse o pé das listras brancas e o retraísse para a calçada. Então, os sentidos da audição e da visão, agora exacerbados, voltaram-se para o que transcorria na improvisada e tão próxima loja a céu aberto.

- Leva, que é legítimo... Cinco real, meu! No shopping este perfume custa dez vezes mais! - assim falou o empreendedor destes tempos ao cliente do outro lado do balcão.

Papo de Anjo não percebeu de imediato uma coisa, tão imbuído estava em testemunhar o encontro da oferta com a procura: o camelô punha em prática naquele cruzamento o que os livros e as internacionais doutrinas, algumas originadas na Harvard Business School e devidamente copiadas e ensinadas na Personalitas, afirmavam ser o caminho para se atingir o Nirvana da prosperidade. Ou, como já havia deixado subentendido o médico de Pinheiros, o Tietê que leva um homem a ser bandeirante ou a transmutação que o torna Deus. Quando o freguês, impressionado e convencido pela argumentação do hábil negociador, tirou do bolso uma nota de cinco reais, entregando-a para o comerciante, a fluidez do dinheiro no meio social tornou-se então clara para o até ali distraído universitário. Depois disso, Papo de Anjo não atravessou naquele dia a

Brigadeiro. Encostado a um canto do prédio ali da esquina, ele absorveu e digeriu tudo que lhe havia sido mostrado segundo a segundo. Compreendeu não só a tal de fluidez da moeda, que troca de bolso e de mão a toda hora, mas igualmente sentiu uma espécie de leveza ao observar e comparar as roupas do vendedor e as do comprador. Enquanto o que se despedia do pequeno capital trajava terno e gravata, o que saudava a vinda dessa receita usava folgadas roupas. Semelhante contraste repetia-se nos calçados. O primeiro parecia ter os pés encerrados em uma apertada caixa de couro, embora esta se mostrasse lustrosa, enquanto o segundo tinha os seus comodamente assentados sobre sandálias plásticas com espaçosas aberturas em cima e nos lados.

Para Papo de Anjo, a liberdade parecia vestir o camelô, ao passo que o outro se assemelhava a um prisioneiro com algemas nas mãos e bolas de ferro atadas às pernas. Tais *insights*, como nomeiam os grão-mestres da Psicologia aquelas percepções que nos chegam através de uma misteriosa intuição e nos revelam o que praticamente já sabíamos, não se limitaram à roupagem. Nosso ferrenho estudante logrou vislumbrar outras diferenças entre os dois atores na ribalta. Se o pós-moderno empreendedor exibia um gracioso sorriso e de toda a sua figura emanava uma espécie de felicidade, podia ser lida no aspecto geral do comprador uma bem-disfarçada frustração que, por ser camuflada, emergia como uma bem-aventurança no ato de comprar um perfume. Não se pode afirmar que foi nesses instantes de contemplação, ou que foi logo após a interiorização do visto e do ouvido, que Roberto Fidalgo resolveu adotar uma nova forma de viver. Digamos apenas que, poucos dias depois, nada neste mundo teve poder para convencer Papo de Anjo a continuar frequentando a Personalitas, o que ocasionou esperado desgosto dos investidores em seu triunfante futuro.

Trabalha em erro quem supuser que ele imediatamente diligenciou em escolher um local para montar uma tábua repleta de frascos sobre dois tripés. Tampouco procurou de sopetão calçar alpercatas e sorrir para o que der e vier. Uma única exceção cabe ao que fez quase em seguida e essa diz respeito à indumentária. Mas, não avancemos por demais. O que passou a acontecer com o transformado Fidalgo cabe mais apropriadamente em um novo capítulo. Se ainda não era um ser da rua, pouco faltava para ele, à sua maneira, adotar outra maneira de percorrer ou de ficar parado pelos caminhos do mundo.

14

Onde revela-se como Papo de Anjo
logrou receber uma mesada
e um recanto próprio
e como ele ornamentou-se
para a tão sonhada liberdade
que parece excluir a dura faina do trabalho

Uma vez que se convencera a não mais ir às aulas, deixando a universidade mais concentrada nos demais alunos, preparando-os com esmero para se tornarem líderes da pátria amada ou, ao menos, da capital bandeirante, o inebriado Fidalgo decidiu ir despojando-se paulatinamente da formalidade que até então, ele sentia agora, o havia aprisionado. Respirar uma nunca imaginada liberdade equivaleu a dar-se conta de coisas das quais até então ele pouco ou nada percebera. Mas se essa espécie de deslumbramento estava em sua cabeça, fora dela o mundo organizadinho teimava em impor suas regras de convivência.

Será preciso dizer quão tensa foi sua entrevista - quase escrevemos acareação - com seus ditosos pais?

- Você está me dizendo que vai deixar a Personalitas e cair na vida feito um vagabundo? É isso que você...

- Pai, eu vou trabalhar por minha conta, está na hora de acertar minha vida...

- Acertar? Olha, Roberto, se você insistir nessa loucura, acho melhor você sair de casa e...

- É isso mesmo que eu quero, pai.

- Calma - interveio maternalmente Mamãe Fidalgo. - Não podemos botar o menino na rua.

- Mãe, não preciso ficar na rua. Só quero um pequeno apartamento para morar sozinho... E uma mesada, como sempre vocês me deram, para aguentar a barra pelo menos no começo e...

- Um apartamento e uma mesada! Santo Deus, é isso que mereço ouvir depois de tudo que fiz por você? Para que você se formasse em uma boa faculdade, para que você fosse um homem de bem, um profissional respeitado. Um homem, seu Roberto! Um homem que nunca abaixaria a cabeça diante de um patrão porque você seria o senhor de sua vida... Um administrador! Um mandatário! Um Deus Fidalgo... - E aí o doutor já não sabia mais o que despejar sobre aquele que ele sonhava ser um futuro tutelar da economia.

Se papai fizesse as contas, veria que o aluguel de uma minúscula unidade residencial era um arranjo economicamente mais favorável que a mensalidade que pagava à honorável instituição de ensino. Um pequeno apartamento não custava uma fortuna. Mas, por que nos perdermos em delongas? Parece-nos que tanto o jovem quanto os adultos envolvidos nessa familiar tertúlia não se aperceberam da boa nova do incensado empreendedorismo.

Ah, empreendedorismo, palavra mágica que a Nova Economia gravou em ferro e fogo nas mentes frescas dos frangotes que se preparam para adentrar um cipoal chamado mercado. E que ficou colada nos cérebros um tanto cansados dos que, já adultos, fracassaram em suas carreiras de assalariados. Exato é que a intervenção protetora de Mamãe Fidalgo houve por bem fazer recuar a compreensível ou incompreensível, dependendo do ângulo da análise, atitude do marido e nosso daguerreotipado Papo de Anjo, no final das contas, acabou saindo do lar paterno e foi aninhar-se em um espaço próprio, a poucas quadras da Avenida Paulista. Passou a morar em uma sala-dormitório com cozinha e banheiro. Uma habitação denominada brasileiramente quitinete, ou *kitnet* por influência da língua saxônica, mas o que nos importa esse anglicismo, figura gramatical que os donos do idioma abominam? Relevante é acompanhar Papo de Anjo pela nova estrada que seus pés, sua cabeça e sua ânsia de liberdade abriram para ele.

Nessa negociação, a duras penas transformada em tácito acordo, o sonhador marajá acabou levando com ele a tão suspirada mesada, termo que a modernidade atribui a um montante de dinheiro que os pais dão aos descendentes, sejam aos que ainda estudam ou aos que, por diversas razões, dependem do fio umbilical que os ligam financeiramente aos que lhes deram à luz.

Luz. Estamos aqui na quintessência do cinema, esse encantamento que nos entra pelos olhos e ouvidos. Então, utilizemos a linguagem cinematográfica e digamos que vamos ver uma fusão, técnica que possibilita que uma imagem se derreta e lentamente vá dando visibilidade a outra. Essa outra é a roupagem do novo Fidalgo. E o que ela nos revela é, de alguma maneira, um até então inesperado Papo. Não restam dúvidas sobre o que os antropólogos afirmam. Segundo eles, somos o que vestimos. Se tergiversações existirem, é bom que fiquemos atentos ao que, a partir dessa metamorfose, acontece na existência do nosso agora rebelde mancebo.

Lá está ele trajando uma camiseta descolada, entendido esse adjetivo como a denominação que passou a ser comum toda vez que alguém veste uma peça que pretende expressar um jeito de ser, às vezes associado a um modo *blasé*, perdoado seja o galicismo, de encarar a vida. Às vezes a uma tranquila vida financeira e por vezes, ao contrário, a um dia a dia onde o dinheiro não é abundante. Completam sua vestimenta a calça bem larga onde podem ser vistos quatro bolsos na frente e dois atrás e uma jaqueta que, à primeira vista, parece adquirida em shopping sofisticado. É bom que se diga, também, que ele traz, em um dos bolsos largos da calça, um telefone móvel de última geração, como descrevem os aficcionados em badulaques eletrônicos. Chamam atenção também os óculos de lentes contra as irradiações solares, seguras por uma armação que qualquer um pode jurar ter sido criada por um consagrado designer italiano. Na cabeça de toda essa figura está um boné escrito New York Fashion. Tudo provindo da 25 de Março, a rua paulistana que se transformou em sinônimo de venda de produtos que muita gente afirma não possuírem o pedigree dos artigos bem-nascidos e de comprovada origem. Descrito o que, fica o convite para continuarem a acompanhar nosso herói por outros *campi* nada acadêmicos.

15

Ligeiro prólogo onde muda o autor
que até então escreveu a odisseia do jovem Fidalgo,
preparando o leitor
para a entrada de um novo escriba,
quiçá com um palavreado mais moderno e fluido,
condizente com o novo Fidalgo

Paulistanos de todo o Brasil, nesta página despede-se este cronista, repórter ou biógrafo, como são chamados os que, nestes tempos, escrevem em jornais e revistas, blogueiam, facebookeiam ou tuítam na *web*, postando textos, fotos, vídeos e outras graças dos tempos que correm.

Para a tarefa de narrar os subsequentes acontecimentos, convoco a pena de outro escritor que, com mais propriedade e com uma linguagem mais leve e contemporânea, passará a reportar os feitos de Roberto Fidalgo.

Mil agradecimentos pela paciência com que me honrastes. Desço da bengala que alguns consideram machadiana e coloco minhas barbas brancas de molho. Sento-me em uma estofada poltrona, fecho os olhos e mesmo assim vejo a sequência do que acontece com nosso dileto paulistano.

Se até aqui escrevi como romancista, o novo autor contará a história sob a forma que a literatura de língua inglesa chama de *short stories*, que é o nosso velho e bom conto. A vida de Roberto Fidalgo mudou, e já não há mais espaço para o romance.

Deste ponto em diante, meus caros e minhas caras, podeis esquecer quem vos brindou com a narrativa da vida do Beto, posteriormente conhecido por Papo de Anjo. Embarcais na travessia ou na derrota, esta palavra tão estranha que por muito tempo significou o percurso das caravelas e dos navios pelos oceanos.

Bon voyage, como diria um empertigado comodoro.

91 | Um taxi para o paraíso
99 | Um metrô para o inferno
105 | Um ônibus para a liberdade
115 | Uma viagem para o jardim
123 | Um passeio na chácara
131 | Uma manhã um tantinho musical
135 | Uma tarde sem consolação
141 | Um anoitecer e uma aurora
145 | Fim de papo

Um táxi para o paraíso

Ela estava perto do Trianon e vestia mais de mil reais. Tinha cara de capa de revista. Se ele fosse um caça-talentos, a levaria pra uma agência e com certeza arrumaria um contrato na hora.

Alta, loura, olhos verdes, cabelos com trato de salão fino, saia e blusa de vitrine da Oscar Freire, lenço sem estampa solto no pescoço, sapatos de salto alto combinando com a delicada curvinha dos pés. Tudo nela anunciava "top model".

Papo de Anjo chegou mais perto do monumento.

- Olá! Tava te observando. Sou olheiro de uma agência de modelos e já descobri muita gente. Você tem o tipo pra ser uma delas e...

- Ah! - A abordada fez pose. - Agradeço, mas já sou modelo. Você nunca viu minhas fotos por aí?

Por essa Papo de Anjo não esperava. Tinha de arrumar outro chaveco. Enquanto pensava, ela se antecipou:

- Como é seu nome?

Ele ia dizer Papo de Anjo, mas se mancou.

- Meu nome artístico é Bob.

- Pois é, Bob, eu sou Marina Lux. Trabalho pra uma agência e lá eles estão sempre procurando caras novas, você sabe como é. Já arrumei a vida de muitas moças e de rapazes como você. Então, não quer passar de simples olheiro a modelo? Posso te levar até minha agência. Tenho certeza que contratam você!

Já tinham dito isso pra ele. Que tinha tudo pra encarar fotos e passarela. Mas nunca uma modelo de verdade falara assim.

- Se quiser, podemos ir hoje mesmo. Seu carro tá perto? - perguntou a moça.

- Não, vim de táxi pra resolver uns probleminhas, hoje é meu rodízio, além do mais, sempre que posso, evito usar o carro. Uso sempre o transporte público ou bike como opção - mentiu.

- Então vamos pegar um táxi. Chegamos lá e te apresento, ok?

Quando se deu conta, Papo de Anjo estava com Marina Lux a caminho de um novo destino. Pensou até em deixar pra lá aquela vida de enganador sustentado pelos pais, se conseguisse uma boquinha legal.

A agência era um sobradinho no bairro do Paraíso. Tinha uma placa na fachada: Hall of Fame - Agência de Modelos e Atores - Fazemos Book. Lá dentro alguém reconheceu a acompanhante de Papo. O portão foi aberto por controle remoto. Uma porta de vidro, também aberta eletronicamente, deu acesso a uma recepção com enormes cartazes de modelos nas paredes.

- Oi, a Estela tá aí? Preciso falar com ela - Marina Lux disse pra uma loirinha sentada atrás de um computador.

- Aguarde um minutinho.

Marina Lux levou Papo de Anjo pra uma salinha depois da recepção. Sentaram-se junto a uma mesinha com diversas revistas espalhadas.

- Escuta, Bob, vou falar de você pra Estela. Vou fazer de você um grande astro.

Logo a loirinha avisou que ela podia subir. Papo de Anjo ficou sentado esperando. Viu descerem pela escada várias meninas produzidas, rindo alto, dando tchau pra recepcionista e saindo pra rua. Nada mau viver naquele ambiente.

Quinze minutos depois, na mesma escada, surgiu Marina Lux, acendendo um belo sorriso.

- Fechado! Acertei tudo com a Estela! Semana que vem você tá no *casting* da casa! Só vai precisar fazer seu book, sabe como é...

- Book?

- Sim, você sabe. Mas, convenci a Estela a te fazer uma exceção. Um book custa muito mais, mas com quinhentos reais, você terá o seu e logo terá vários trabalhos. No primeiro você já tira três vezes mais que o valor do book.

Papo de Anjo achou que pegava mal dar pra trás depois de ter ido até ali. Além do mais, estava gostando da ideia.

- Tá. Beleza!

- Mas... Como é norma da casa, preciso pagar pra Estela agora, ainda mais porque ela fez um preço pra lá de especial, tudo bem?

Outra vez ele não teve como escapulir. Teve vergonha de dar no pé. Pegou da carteira uma folha de cheque, preencheu e deu pra Marina Lux.

- Beleza! Vou entregar pra Estela. Já volto!

Voltou minutinhos depois e levou Papo de Anjo pra saída.

- Nice, este aqui é o Bob - falou pra loirinha. Ele volta na terça pra falar com a Estela, certo?

O mesmo clique que abrira a porta e o portão voltou a estalar e os dois saíram.

A modelo viu um táxi, fez sinal, o carro parou.

- Bob, me desculpe te deixar agora, mas tenho um compromisso daqui a meia hora. Qualquer problema lá na agência, peça pra me ligarem, tá?

Marina Lux, rápida como chegara, depressa queimou o chão. Mas ele estava um tanto feliz. Aquele seria o começo de uma nova carreira, charmosa, cheia de grana, fama e gatinhas.

Mal esperou a hora de voltar na Hall of Fame. Às dez da matina da terça-feira tocou a campainha da agência.

A voz da loirinha pediu seu nome e com quem queria falar. Ele disse e logo o portão e a porta de vidro foram abertos. Diante da recepcionista, ele a cumprimentou sorridente.

- Oi. Por favor, a Estela.

- Um momento. - Apertou um botão e anunciou que o Bob estava ali.

A loira indicou a escada, que ele pulou de dois em dois degraus. Em cima, um corredor dava pra três portas, duas delas abertas. Atrás de uma viu a figura feminina de uns quarenta anos, anotando alguma coisa enquanto falava ao telefone. Devia ser Estela. Pela outra porta dava pra ver uma espécie de copa, com uma minúscula mesa, uma máquina de café, uma prateleira com copos e xícaras e outra mulher, de idade indefinida, vestindo touca e avental. Com certeza, a que fazia café.

Aguardou sorridente a mulher desligar o telefone.

- A Estela, por favor.

A quarentona levantou a cabeça do bloquinho e indicou a porta ao lado. Nisso, a da copa saiu pela porta:

- Bob, né? Quer falar comigo?

Papo de Anjo não entendeu como aquela podia ser Estela, pois tudo dava a entender que Estela seria a dona da Hall of Fame.

- Sou Bob, a Marina Lux falou de mim pra senhora - ele disse... Alguma coisa estava errada, mas não ia perder a viagem. - Vim fazer o book...

- Marina? Ela me falou de você, sim. Namorado, né? Ela veio na semana passada pagar uns cremes que ela comprou de mim... Mas ela, Bob, é Marina não sei de quê... Quem disse que ela se chama Marina Lux? Ela é aeromoça, né?

- Mas eu dei quinhentos reais pra ela, pra fazer o book e... Ela não é modelo aqui da Hall of Fame?

- O que está havendo? - A mulher da outra sala entrou na conversa. - Que história de book é essa?

Papo de Anjo repetiu tudo, a promessa do book, o cheque dado.

- Olha moço, aqui nós fazemos books sim, mas não cobramos adiantado. Ninguém pode receber nada pela Hall. Aqui só eu, Elenice Matos Correia, que sou a dona, pego no dinheiro. Aqui não tem nenhuma Marina Lux como modelo da agência. Só posso fazer uma coisa por você, viu? Essa tal de Marina - olhou torto pra Estela - está de hoje em diante proibida de entrar aqui. Agora, por favor, o senhor pode sair também. Tchau!

Um metrô para o inferno

Foi só ouvir falar que o pedaço era o que há da baragandá que Papo de Anjo logo se armou pra parada. Que era longe da Paulista, era. Poucas vezes Papo deixava o território onde já era o rei das mutretas.

Pra seus ouvidos, se o nome não era familiar, pelo menos não era desconhecido. Quem descolou o vamos nessa foi Betão Toupeira, antigo camarada da faculdade abandonada por Papo de Anjo no primeiro ano.

- Itaquera é o point, meu. Da hora. Tem gata caindo pela goteira... A gente pega o metrô aqui na Paulista, baldeia na República e é só correr pro abraço!

Esse amigo de Papo de Anjo tem o apelido de Betão por ser altão e balofão e Toupeira porque, desde o tempo que ralavam na escola, nunca percebeu muito as coisas que rolam do lado de fora de sua pele.

O dia combinado era sábado. Foram à noitinha. Papo mal via a hora de pisar no reduto das tchutchucas. Em frente da estação Corinthians-Itaquera subiram num busão que ia pro fervo. Os passageiros olhavam Papo de Anjo. A camiseta descolada e a jaqueta berrando que vieram de shopping top. Os óculos escuros com aros de marca, a calça largona com quatro bolsos na frente e dois atrás. O celular incrementado nas mãos, e o boné piscando New York Fashion. Mas ali no coletivo quem ia adivinhar que era tudo 25 de Março?

Desceram no ponto indicado por Betão Toupeira. O baticum de pagode estourava na rua, vindo de um barracão com teto de zinco. Na frente, uns velhos jogavam baralho, sentados em caixotes de feira. Em volta, um cheiro adocicado de banana tostada.

A entrada custava cinco paus. Lá dentro, um monte de caixonas de som em cima de tábuas com jeito de palco. O pancadão comia solto. As cabritinhas andavam pra lá e pra cá, umas estavam sentadas às mesas de latão com propaganda de cerveja, outras rebolavam em volta. A rapaziada fazia a mesma figuração. Toupeira e Papo pegaram uma mesinha perto da parede que dava pra um sanitário. Uma morena de bunda grande, redonda e convidativa surgiu deslizando entre as fileiras de mesas e ficou lá na frente, onde outras chacoalhavam as formas. Foi nesse instante que o pagode parou e as caixonas passaram a despejar o funk carioca. Já não tinha uma só quitutinha amarrada às mesas, todas se jogando ao som do refrão *"sou da zê éle / posso ser pobre e feia, mas me amarro nessa teia / de minissaia sem calcinha arraso rica e patricinha / chão... chão... chão..."*. Até as mais apagadas já tinham par na ciranda. A do bumbum recebia ao mesmo tempo a chegada de Papo e de um negão de braços tatuados, mostrando no direito um coração espetado por uma faca. Parecia que o cara afiava navalha no pulso. O barraco tava armado. O arrasa-quarteirão cuspiu uma mirada em cima dos cornos de Papo.

- Vai encará? - ofereceu escolha o grandalhão.

Papo resolveu amarelar. Olhou pra mesa onde Betão Toupeira estava de olhos caídos em quatro garrafas vazias.

- Olha, amigão, não tô a fim de dançar com ela, não... Só ia subir no palco pra dar um recado pra galera - Papo de Anjo inventou na hora.

- Comigo não, mané! - berrou o tranca-avenida. - Vai aprendê a não mexê com a mulher dos outro! - Mal terminou de falar e desceu o braço de coração atravessado pela cortante, em cima de Papo. Um buraco se abriu no meio da roda, metade cavado pela meia tonelada descente e metade pelo pulo que Papo de Anjo deu pro lado. Enquanto o musculoso armava de novo o bração, agora para um soco, Papo já vazava pra saída, sem nem dar tchau pra mesa de Betão Toupeira, que olhava pro pega-pra-capar sem entender muito bem.

Bem na porta da rua, um trator ainda maior que o das tatuagens segurou Papo pela goela. No jaleco – SEGURANÇA - escrito nas costas.

- Onde vai, muleque? Tem que pagar as breja, mano. Tá loco?!

Aí Toupeira enfiou a cara meio de lado.

- O que meu colega fez? - perguntou pro guarda-barracão. - Solta ele, meu!

- Paga as breja primeiro maluco! - rosnou o jamanta.

Toupeira tirou duas notas de vinte do bolso, que o brutamontes pegou com as duas mãos, soltando a garganta de Papo. Enquanto isso, o negão se aproximava tirando com sopapos quem estivesse à frente. Nisso o cavalão derrubou uma mesa onde estavam dois magrinhos de boné que não perderam tempo.

Um deles deu uma gravata no desajeitado. O outro tirou um berro da cintura e apontou o cano na cara do valentão. O marombado acabou afinando e voltando com o rabo entre as pernas pra perto da morena que ainda rebolava como se nada tivesse acontecido.

Papo e Toupeira respiraram aliviados e saíram rindo, sentindo-se vingados pelos manos de boné. Já era noite lá fora. Os velhos ainda jogavam baralho, a banana queimada cheirava mais forte. Caminharam até o ponto de ônibus. Papo resolveu checar às mensagens no celular. Um sujeito pisando macio chegou neles.

- Me dá o celular - disse quase cochichando pra Papo de Anjo.

- Mas tá quebrado - Papo mentiu. Quem sabe colava.

- O celular, mano - repetiu o chegante, agora sacando o revólver. - Não embaça!

- Entrega logo - sugeriu Betão Toupeira.

Um cutucão mais forte com o cano da arma na barriga de Papo surtiu mais efeito que o pedido do amigo.

Os dois ainda ficaram mais de meia hora na semiescuridão até aparecer o ônibus que os botou em frente do metrô Corinthians-Itaquera.

Durante o caminho de volta, sentados no vagão meio vazio, não trocaram palavra. Cabeças baixas. Papo só falou quando desceram no Trianon.

- Numa fria dessas, Toupeira, você não me bota mais! - falou Papo de Anjo sem se despedir.

Sozinho, Papo de Anjo se sentiu de novo em seu ambiente. Amanhã, passado o susto, a Paulista iria vê-lo novamente, pronto pra dar um tapa nas gatinhas, com seu uniforme de guerra, em seu habitat. No qual só faltaria por uns dias o celular *high-tech*.

Um ônibus para a liberdade

Depois de mandar um cheeseburger acompanhado de um arroto de coca-cola, no balcão do Pipos, Papo de Anjo saiu da lanchonete, caminhando pela Avenida Paulista.

Um jeans recheado o deteve. A ocupante dele, mochila nas costas, fones nos ouvidos, tinha a camiseta verde-limão preenchida por belas e perfeitas formas.

Papo de Anjo chegou junto. O trambique era manjado, mas quem sabe?

- Oi, você não é a Simone?

A garota olhou bem pra ele. Tirou o fone da orelha e sorriu.

- Papo de Anjo, seu malandro. Não lembra mais do meu nome, né? Bia, meu nome é Bia, lembrou? Nós até fizemos juntos uma pesquisa lá na biblioteca, para aquele trabalho do primeiro semestre, lembra?

Só então Papo a reconheceu de verdade. Lembrou que a mina queria fazer teatro. Tinha vindo de Jaú, interiorzão, pai fazendeiro. Já era gostosa naquela época.

- Puxa, Bia, desculpa. Não conseguia mesmo lembrar seu nome, mas não esqueci nunca seu rosto, seu jeito... E aí, tá na facu?

- Nada. Virei bailarina. Danço num grupo meio pop, sacou?

Pra Papo de Anjo isso imediatamente foi intendido como "estou disponível" e ele não perdeu tempo.

- Escuta, vamos tomar um chopinho agora, colocar a conversa em dia?

A grana estava curta, meio de mês e a mesada do pai, só pintava no dia trinta. Mas dava pra uma despesinha. Pra jogar conversa em cima, nem se fala.

- Chopinho? Beleza. Vamo aí! - ela topou.

O jeans e a camiseta com protuberâncias entraram na lanchonete, seguidos pelos olhos vidrados de Papo de Anjo. Lá dentro, os dois puseram suas histórias na mesa.

- Cara, meu pai se fodeu. Teve que vender a terrinha dele e com isso tive de partir pro trampo. Ralo pra cacete. - Bia acabava de esvaziar o copo e parecia querer outro. - E você?

Papo de Anjo fez cara de quem tirava todos os problemas de letra. Um ar de vencedor.

- Tô numa boa, Bia. Larguei a faculdade e me tornei empresário artístico.

- Nossa, que bacana!

- Tenho nas mãos uma banda de rock, uma de pagode, um cantor sertanejo e um grupo de teatro. - Aí Papo de Anjo esticou a isca - Tô vendo se entro na área de grupos de dança também.

- Sério? Então vou te apresentar uma amiga que tá a fim de arrumar um empresário. Ela dança num clubinho aí, mas tá foda!

Papo se entusiasmou e pediu mais dois chopes.

- Vou derramar esse e me mandar. Tenho ensaio às cinco. A vida é dura pra quem não é empresário, seu Papo de Anjo.

Ele pediu pra ir junto. Queria assistir ao ensaio. Bia disse que não. Antes de pegar a rua, rabiscou alguma coisa num guardanapo e passou pra Papo.

- Apareça lá quinta-feira. Vai cedo, tipo oito, tá? Te apresento minha amiga Suzy - deu um beijinho em Papo e sumiu na Peixoto Gomide.

O papelzinho tinha um endereço: Rua Conselheiro Furtado – Liberdade.

Na quinta, Papo de Anjo tratou de chegar ao lugar marcado. Sabia que tinha metrô pra lá, mas chegaria rápido demais, antes da hora, o que não pegaria bem pra um empresário cheio de compromissos. Pensou em ir de táxi, mas o bolso continuava murcho e decidiu então pegar um ônibus. Desceu duas quadras antes do local combinado. Poderia dizer que tinha vindo de táxi ou que deixara o carro num estacionamento.

O lugar era um predinho com uma porta de madeira antiga, com um cara de terno preto na frente. Um leão-de-chácara.

- Por favor, a Bia tá me esperando lá dentro. - Papo de Anjo teve de erguer a cabeça pra encarar o guardião. - Meu nome é Papo de Anjo.

O sujeito disse pra ele esperar lá fora, passou pela porta e dois minutos depois voltou junto com a Bia. A entrada estava livre.

O ambiente era de penumbra, uma ou outra lampadinha nas paredes vermelhas. Mesinhas espremidas umas às outras e um palco no fundo.

- Bem-vindo ao meu local de trabalho - Bia riu. - O expediente mesmo começa às dez.

Papo de Anjo percebeu que se tratava de uma boate meio fuleira, mas Bia, vestida com um robe dourado, cabelos úmidos de gel, estava uma delícia.

Uma porta se abriu ao lado do palco. Por ela surgiu um vulto bamboleante vindo à direção dos dois. Ao chegar perto, a figura ondulante assumiu a forma de uma linda oriental.

- Esta é a Suzy - apresentou Bia. - Ela faz o encerramento do show, depois do meu número.

Suzy e Papo trocaram beijinhos.

- Então você é o empresário, né? Tô precisando de um pra dar um upgrade na minha carreira.

- A Bia não me falou que você era gringa, mas você fala bem português...

- Vim com dez anos pro Brasil. Já deu pra aprender.

- Mas você vive só de dançar aqui? - ele sondou. - Não deve dar muita grana, dá? Não digo que sou caro, mas um empresário cobra para agenciar e alavancar a sua carreira, você entende...

- Fica frio. Meu pai agora resolveu investir em mim...

- O pai dela - Bia meteu a língua na conversa - mexe com importação, tem uma rede de lojas. É bem de vida. Ela dança aqui porque gosta mesmo.

Com isso, Papo sentiu o bolso estufar. Podia jogar a treta de empresário, traçar a japonesinha e quem sabe, ainda ganhar algum.

- Meu pai é coreano - Suzy esclareceu.

Papo, em pensamentos, trocou a expressão ′traçar a japonesinha′ por ′traçar a coreaninha′.

- Vou ver se te encaixo no balé do Municipal - prometeu Papo.

- Você não entendeu porra nenhuma. Tá certo que eu danço, mas meu estilo é strip-tease. No Municipal não tem disso, tem? - Suzy estava na ponta dos cascos.

- Então deixa comigo, vou te botar numa boate chique, você vai ver. Classe A. Coisa fina.

Sentaram em uma mesinha e até hoje Papo não sabe o que bebeu. Entre uma olhada pra Bia e outra pra Suzy, percebeu que muitos homens iam entrando. Lá pelas dez, Bia deixou a mesa. Dez minutinhos depois começou o show.

O inferninho ficou todo escuro, só uns focos fraquinhos no palco. Lá em cima, uma Bia provocante rebolava e tirava a roupa peça por peça. Na hora da calcinha asa-delta, todas as luzes se apagaram. Os homens soltaram suspiros e palavrões. Mal os spots se acenderam, Papo notou que três homens mal-encarados, de ternos escuros, estavam de pé, perto da porta.

Suzy não estava mais ali na mesa. Das caixas de som, um rufar de tambores anunciou a última atração, por volta da meia-noite. A moça de olhinhos puxados ia entrar em cena.

Ela apareceu vestida de gueixa, passinhos delicados, já ameaçando desamarrar uma das faixas do vestuário. A moça não perdeu tempo. Aos poucos, entre um movimento e outro, o quimono vermelho foi se desfazendo, até que apenas uma peça transparente cobria seus seios e uma tanguinha fazia mais ou menos o mesmo abaixo da cintura. Assim que Suzy atirou longe a fina cobertura dos peitinhos, o salão ficou novamente às escuras. Quando as luzes foram voltando, os três sujeitos saíram lá do fundo e foram direto até Papo de Anjo. Um deles, de bigodinho fino, que parecia ser o mais importante, puxou uma cadeira e se sentou. Os outros dois se plantaram, ladeando a mesa. Pelas feições, podiam ser japoneses, chineses, coreanos... Mas Papo não estava preocupado com etnias.

- Sou um homem prático - falou o de penugem debaixo do nariz. - Vi você e minha filha nesta mesa. Faz tempo que estou procurando o malandro que quer se arrumar com ela pra pegar minha grana. Hoje te peguei!

Papo sentiu um peso no ombro direito. Não era nada psicológico. Era a mãozona de um dos guarda-costas. Um disparo de sílabas rápido e bronqueado, que parecia filme de kung-fu sem dublagem, saiu do bigode e fez o peso voar de volta. O mão-pesada liberou o ombro do rapaz.

- O senhor é o pai da Suzy? Olha, eu só quero ser empresário dela, sua filha tem talento e... - Papo chutou, de olho no anelzão que o oriental tinha num dos dedos. Mesmo no escuro, era um dragão de rabo enrolado. Sem saber por que, o anel o fazia sentir ainda mais medo.

- Fica quieto, é melhor. Quero saber quanto você quer pra sair da vida dela de vez, deixá-la em paz, tá claro? Não quero mais saber da minha filha dançando aqui nem em qualquer outro lugar desse tipo.

Nesse momento, Papo percebeu que a encrenca até que não estava tão feia. Ele engoliu seco e depois molhado.

- Então? - O papai oriental deu um tapinha na mão de Papo. - Põe um preço e pensa em quanto vale a tua vida.

Enquanto o encurralado pensava, Bia chegou junto à mesa. Estava agora vestida do mesmo jeito com que Papo a vira na Peixoto Gomide. A mão de um dos capangas a afastou da conversa.

- Pensei em uns...

- Cinco mil. Você pega ou larga. É melhor pegar - papai resumiu.

Com só trintinha no bolso, Papo de Anjo viu que tinha ganhado na loteca.

- Tá. Cinco mil e caio fora. Sua filha nunca mais vai me ver.

- Pra sempre, entendeu?

Papo esperava que o coreano preenchesse um cheque. Mas o homem tirou um pacote pardo do bolso do paletó e jogou na mesa.

- Conte!

Papo contou nota por nota.

- Tá tudo certo.

- Meus amigos vão te levar até a porta. Agora... - e apontou o anelzão pra rua.

Meio sem jeito, Papo de Anjo deu um tchauzinho pra Bia.

Livre dos dois secretários, Papo subiu a Conselheiro Furtado, se esgueirou por uma travessa e andou pela Galvão Bueno até a Praça da Liberdade. Sabia que ali podia pegar o metrô e voltar pra Paulista. Não estava mais assustado. Nem frustrado. Não comera a Bia nem a coreaninha, mas estava livre, e com os bolsos cheios.

A um quarteirão da praça, um dos de terno escuro encostou nele.

- O patrão errou - foi falando. – Você não era quem estávamos procurando. A Bia contou tudo. O cara que procuramos é coreano. Você não é coreano. Por isso, vim buscar o dinheiro de volta. Devolve!

Papo ainda tentou fazer valer sua fama de dobrador, mas não teve chance. O grandão abriu o paletó. Na cintura, um bagulho metálico. Podia ser pistola ou um trinta e oito, mas para Papo tinha o mesmo efeito de um fuzil AR-15.

Sem a folga que os cinco mil mangos lhe dariam, desceu as escadas do metrô. Continuava com trintinha no bolso. Ainda não podia dizer que estava no preju, afinal, estava vivo, mas a tal da liberdade ele teria de recuperar nas bandas conhecidas. Ali na Paulista, onde ele acredita que é o dono do pedaço.

Uma viagem para o jardim

Com um olho nos peitos da siliconada que vinha em sua direção na esquina da Frei Caneca com a Paulista e outro no farol da faixa de pedestres, Papo de Anjo vacilou por um instante.

O peitão ganhou a parada. Tirou o pé da rua e ficou parado, de tocaia na calçada.

Papo deu um zoom na figuraça. Era loura e a cada passo da beldade ele se assanhava com as coxonas embrulhadas pra presente no jeans colado. Papo despiu a mina com os olhos e vislumbrou um pôster na página do meio de uma revista masculina. Ele se arrastou pra beira da calçada onde o alvo já estava botando os pezinhos fofos com as sandalinhas douradas. O pôster passou ao lado dele e Papo girou pra ir atrás. Chegou ao lado do silicone, das coxas, dos cabelos dourados da cor das sandalinhas...

— Oi! - ele babou. - Qual o metrô mais próximo?

A paquerada fez cara de desconfiada.

— Consolação - ela respondeu. - Vai me dizer que tá perdido...

— Quase não pego metrô, só uma vez ou outra. Qual o seu nome?

A buzina de um carrão ensurdeceu a menina. Ela achou que o engraçadinho estava querendo saber pra onde ela ia.

— Ana Rosa - mentiu.

No ouvido de Papo só entrou Rosa. A buzina continuava a encher o saco.

— Bonito.

— Bonito o quê?

— Seu nome. Rosa.

— Ah!

— Posso te acompanhar?

— Me espera aqui, vou até a banca e já volto - disse a gostosa.

Na multidão da Paulista, ela logo se evaporou. Papo deu um tempo, mas logo sacou que Rosa tinha dado área. Voltou pra trás e continuou sua caminhada sem destino pela Paulista.

Dois dias depois, por uma dessas coincidências que pintam de vez em quando, ele viu de novo a página central da revista. Agora com um laptop a tiracolo, junto à cinturinha e todo o resto. Ela andava uns passos adiante e Papo pôde admirá-la melhor.

- Rosa, Rosa - gritou, chegando mais perto.

A moça não percebeu.

- Oi, Rosa! Você aqui de novo...

Os cabelos louros e lisos se viraram e então se lembrou do boné New York Fashion. Sorriu.

- Me esperou muito aquele dia?

- Não - mentiu Papo. – Sabia que você não ia voltar. Mas veja como é a vida. E hoje tô com todo o tempo do mundo pra cuidar do jardim.

Só depois de um minutinho é que a silicone ligou esse jardim ao nome Rosa. Riu outra vez.

- Vem cá - ela disse e puxou Papo pra um canto de parede. O boné achou que ia rolar.

- Vou ser honesta contigo. Eu faço programas.

Papo olhou para o laptop.

- São duzentinhos por uma hora. Trabalho de dia, atendendo executivos aqui do pedaço. Eles aproveitam a hora do almoço, sabe como é.

- Entendi. Mas duzentinhos tá fora do meu...

- Vou continuar sendo honesta contigo... Fui com a tua cara... Podemos conversar, nos conhecer, quem sabe rola uma química... mas só posso à noite, tudo bem? E você tem que ir lá em casa... Hoje... Às nove horas, tá bom?

Banquete grátis. Ele nem acreditava. Ia fazer um bembolado. Pra alguma coisa servia sua lábia. A bunda firme anotou seu endereço num papelzinho.

Combinaram que ele ia naquela noite. Papo meteu os pés pela avenida e foi direto pra kitnet onde morava.

Em casa, tirou o mapa do tesouro do bolso da jaqueta. Rua tal, número tal, Jardim Peri. Tratou de descobrir onde ficava esse jardim. Descobriu que era na Zona Norte, pros lados do Peruche e da Cachoeirinha.

À noite, não se animou a tomar um busão pra lá, como havia planejado. Contou o que restava da mesada e decidiu ir de táxi.

Às oito e quinze já estava a caminho. Atravessou uma ponte sobre a Marginal Tietê, rodou pra caramba e às quinze pras nove, dando tchau pra quatro notas de dez, desceu em frente do Palácio do Prazer. Era uma casinha com uma garagem vazia gradeada e um portãozinho. Tocou a campainha e logo Rosa apareceu.

- Chegou cedo, que bom.

Por dentro o Palácio também era simples. Um sofá, um barzinho, uma mesa e em cima dela o laptop da mulheraça. Rosa apontou o sofá, pediu que ele se sentasse, serviu dois drinques com gosto de álcool adocicado e se acomodou ao lado dele.

Começaram pelos beijos e amassos, as mãos dele se enchendo com os volumes aditivados pelo silicone. Em poucos minutos, Rosa pegou Papo pelo braço e o arrastou até o quarto, onde uma grande cama de casal os esperava.

Assim que ela tirou a blusa e o sutiã, Papo se livrou de toda a sua roupa. Deitadinhos, Rosa ainda de calcinha se exibia. Papo já estava em ponto de bala. E então Rosa jogou sua última pecinha sobre o tapete ao lado da cama.

Mas que estranho. A flor tão perseguida pelo amante da flora da Paulista e redondezas não estava ali. Papo olhou uma, duas, três vezes. No lugar da pétala da Rosa se erguia um ramo que crescia e avançava.

- Péra aí - gritou Papo, pulando pra fora do tablado. - Você é...

- Boneca, querido! Mona! Traveco! Ah, vai me dizer que não sabia? Não viu meu gogó, aqui... no meu lindo pescocinho?

Claro que ele não tinha visto. A Rosa da Paulista tinha muito mais coisas pra se olhar.

- Ah, vai perder a viagem, meu amor? Aproveita! Pros bacanas é duzentinho, pra você é de graça! Eu disse que fui com sua cara...

Papo parecia corredor da São Silvestre. Afinal, quem gosta de ostra não é chegado em linguiça. Num zás estava vestido, com boné e tudo. Vazou do quarto, passou pela sala e abriu a porta que dava pra rua. Já na calçada ainda ouvia as ofensas da-que-de-Rosa-não-tinha-nada gritando:

- E quer saber de mais uma coisa? Rosa é o caralho! Meu nome é Vanessa! Pra você Theobaldo, com teagá e tudo, seu bofe frouxo! Viadinho de merda!

Nunca Papo tinha usado tanto as pernas. Corria feito um maratonista e cuspia feito um pinguço de boteco. Queria tirar o gosto do batom, do álcool com açúcar e da saliva que o dragão tinha deixado em sua boca. Achou um ponto de ônibus que o desembarcou no Centro. Dali, pelo metrô, chegou à Paulista. Em casa, a primeira coisa que fez foi tomar um longo banho.

Por um bom tempo Papo de Anjo não deu as caras ali perto da Frei Caneca. Quando vê uma graciosa com laptop ele dá uma de cima a baixo, só pra checar. A primeira coisa que faz é olhar o pescocinho...

Um passeio na chácara

O convite não era pra se deletar. Vinha de Fred, um ex-colega da faculdade que Papo de Anjo tinha largado no primeiro ano. O cara tinha panca de quatrocentão, embora papai e mamãe fossem da tribo do dinheiro novo. O burguesinho morava numa grande casa na Chácara Flora.

Nessa noite os pais não estariam lá. Tinham viajado pras europas. Ia rolar de tudo. Ia ter mais calcinhas que cuecas. Ia ficar todo mundo doidão. Sexo, drogas e rock´roll era a promessa.

Papo olhou seus panos jogados em cima da cama da kitnet. Estavam ali a camiseta descolada, a jaqueta dando ares de shopping, os óculos escuros com armação parecendo de grife, a calça fofa com quatro bolsos na frente e dois atrás. Sem falar no novo celular, ainda mais irado que o antigo, e do boné New York Fashion. Será que lá no cafofo abonado da Chácara Flora alguém ia perceber que era tudo 25 de Março? Ele sabia que nas rodas da alta pintava de tudo. De Londres a Miami, da 25 ao Paraguai. Papo não esquentou. São Paulo é um bolo alto e o glacê em cima é uma mistureba. A Chácara Flora tinha sido um bairro de bacanas. Depois as turmas dos novos ricos tinham se mandado pro Tatuapé e os mais metidos a esnobes para recantos do Morumbi e para Alphaville, numa cidade vizinha de Sampa. Mas a Flora mantinha o nariz acima da ralezona.

- Tô sem carro, tá na oficina - Papo mentiu e deu uma de gostoso. De pronto Fred emendou:

- Deixa comigo. Te pego aí às nove...

Não deu outra. Fred pegou Papo pouco antes do horário combinado.

Logo na entrada, Papo percebeu que, realmente, tava rolando de tudo. Mesmo dando de barato que a galera era de mauricinhos e patricinhas. Às vezes, cruzava um ou outro com aparência de duro, mas era só fingimento, hoje em dia é moda rico tentar parecer pobre, com sandálias de dedo, bermudas rasgadas e camisetas desbeiçadas sem grife, porém, eles são mais vermelhos do que morenos, olhos claros e testas suadas e olhando de perto, dá pra perceber que o disfarce não lhes cai bem.

Uma das gatinhas atraiu logo o nosso herói de calça fofona. Ela já estava pra lá do Titicaca. Encostada na parede, lá no fundo da big sala, com uma minissaia de arraso, tinha uma sereia azul tatuada no braço esquerdo. Seus olhos ficavam ora abertos feito dois ovos estrelados e ora fechados por um tempão.

Papo de Anjo achou que não tinha erro. Encostou na paradona. Os olhos de ovos fritos viraram devagar pra ele.

- E aí, beleza?

Talvez pela primeira vez ele não precisou justificar o apelido. Porque ele é Papo de Anjo por ter uma voz que parece injeção de anestesia no ouvido e as que caem no paparico ficam meio derretidas. A de minissaia, que já tava travada, sorriu.

- Tá a fim de vazar? - ela falou com a vozinha meio chiada. - Isso aqui tá a mó babaquice.

- Bora! - ele topou.

Lá fora tinha carrão de todo tipo, inclusive uma Mercedes vermelhinha. Foi pra essa máquina que a moça levou Papo.

A chapada abriu as portas com o controle remoto e fez o rapaz se sentar ao volante.

- Deixei a carta em casa... - ele disse. Era uma gelada. Nunca teve carta e nem sabia dirigir.

A garota arregalou os olhões e trocou de lugar com ele. Arrancou cantando os pneus e afundou o pé. As casas arrumadinhas da Chácara Flora passavam disparadas pelo vidro do lado de Papo. Ele tinha a sensação de estar voando baixo. Olhou pra motorista. Os olhos dela estavam arregalados. Papo sentiu cagaço. Saíram do bairro e a possante continuou a toda. Não tinha farol vermelho que a segurasse, ia costurando no trânsito, arrancou o espelho de um carro parado e faltou um palito pra não atropelar uma senhora que atravessava na faixa de pedestres.

- Cê tá zoada - Papo bronqueou. - Dá uma paradinha e...

- Se liga, meu - a maluca peitou, com a voz ainda de chiado. - Tá nessa porque quis...

Foi aí que o celular de Papo tocou. Era o falso herdeiro dos Borba Gato.

- Papo? Cê saiu com a Fá?

- Fred? Tô...

- Fria, meu! Cê tá numa fria... Fala pra ela voltar pra minha casa... Esqueceu a bolsa, o celular e o namorado que tava em outra parada aqui dentro e agora tá puto... E o pior, ela pegou o carro dele, cara!

O da Flora desligou. O cu de Papo fez bico.

- Fá, você esqueceu a bolsinha, o celular e...

- Caraca! - ela chiou, dando um cavalo de pau e pegando a raia de volta.

Papo de Anjo não tinha olho pra mais nada, a não ser pra o que via diante da vermelhinha. Traseiras de carros que por milagre não se chocavam com a frente da Mercedona porque a doidona desviava delas no último segundo. Finas que ela tirava a torto e a direito. Sinais que ela avançava sem olhar pros lados.

Já dentro da Chácara Flora, parecia que nunca chegavam à casa de Fred.

- Vou dar um cansaço no meu namorado - Fá ainda chiava, parecia que tinha engolido um apito. - Vamos dar um tour pelo pedaço.

O rolê não tinha fim. Rodaram meia hora pelo bairro. Quando estavam parando perto da casa de Fred, Papo viu um monte de gente do lado de fora. Do meio da muvuca, um altão de jaqueta de couro preta veio direto pro carro.

- Sai fora daí, meu! - gritou o das alturas.

Papo tentou jogar um deixa disso pra aliviar a barra. Mas o gigante nem te ligo.

- Desce, porra! - repetiu. – Vai logo, senão vai sobrar pra você!

Papo desceu.

- Demorô, meu! - o grandão secou feio Papo de Anjo. Aí arrastou a namorada pela calçada e lascou dois tapas na cara dela.

- Este é pra não pegar meu carro... e este é pra não sair mais com vagabundo! - O do casaco escuro berrava e tacava a mão na Fá.

Se isso era uma amostra, Papo não quis nem saber. Foi rapidéis pra dentro da casa. Por uma janelona ainda viu o pitbull e a pequinesa entrando na importada e sumindo com um ronco do motor.

- E aí, Papo, tá curtindo a festinha? - era Fred ao seu lado.

- Olha, cara, nunca passei por um perrengue desse.

- E você perdeu o melhor da noite. Bombou legal. Sabe que tinha uma mina louca por você? Perguntava toda hora onde tava o cara com o boné de Nova York.

Só faltou Papo dar um soco nele mesmo. Não tinha conseguido nada com a mina do outro. E tinha deixado escapulir alguma belezinha ligada nele. Pelo jeito, a fã já tinha se mandado. Trocada por um passeio no trem-fantasma pilotado pela Fá, e que nem era dela. Se tivesse um diário, Papo botava que tinha ido a um passeio na chácara. Mas não pensou nisso. Pelo menos tinha escapado de levar um pau. Aquela casa e o bairro podiam ser maneiros, mas joia mesmo era a Paulista e redondezas. Ali, tirando uma queimada de filme de quando em vez, ele conhece cada buraco das calçadas e é o terror das patricinhas.

Uma manhã um tantinho musical

Papo de Anjo viu a morena revirando uns CDs na banca do camelô. Calculou a idade dela. Uns dezoito.

- Bossa Nova, minha querida, sei o que é isso, não. Aqui só tem rap, hip-hop, sertanejo e funk - falou o rapaz da barraquinha.

A dezoitinho fez cara de "que pobreza" e girou nas rasteirinhas. Papo de Anjo foi na cola. A perseguida entrou numa loja, ele de longe farejando. Lá de dentro, um som escorregou bem mole e se espreguiçou pela avenida:

"Não quero mais esse negócio de você longe de mim".

Vinte minutos depois a morena saiu com uma sacolinha. Na rua, Papo de Anjo grudou perto, afiando a cantada.

- Oi, não te conheço, mas não sei por que, de hoje em diante não quero mais esse negócio de você longe de mim.

Ela primeiro o olhou curiosa, depois riu. Deixou Papo de Anjo caminhar a seu lado pela Paulista.

- Acabei de comprar um CD com essa música de Tom e Vinicius. Você também gosta de Bossa Nova? - ela perguntou.

- Curto.

Papo olhou pro relógio. Dez horas. Tinha a manhã, a hora do almoço e muito mais pra mudar o papo de musical para papo de cama.

Andaram até a Augusta, mas aí ela se enfiou num ônibus, depois de trocaram e-mails. Pelo jeito, ela caíra. Na próxima, créu. Acontecia em cinco ou seis de cada dez abordadas. Afinal, Papo de Anjo não tem esse apelido à toa. Ele é uma espécie de malandro da Avenida Paulista e redondezas, mas suas trapaças são *light*. Ele pega leve. Só quer é investir saliva, esperando lucro, nas gracinhas que descem dos escritórios na hora do almoço ou que saem dos cursinhos. Ele sabe de cor toda a treta da paquera, joga um terententém e pinga adoçante na voz, que sai da sua boca como um cantarolar angélico. Dois minutos de papo e ficam à mercê do raposo quase todas as patinhas. Quase, pois com a morena foi assim: todo dia, por uma semana, pela internet, Papo mandou pra ela músicas da

Bossa Nova e da Jovem Guarda. Nem se mancou que continuava misturando as tribos. Até que uma noite, ao abrir seu PC, encontrou esta mensagem na caixa de entrada:

Que furada, meu! Vc continua achando que Roberto Carlos, Tremendão e companhia são os bambambans da Bossa Nova. Pare de enviar essas coisas, falou? Não quero mais esse negócio de vc. Longe de mim!

Depois dessa aparada de asa, Papo de Anjo tratou de fuçar alguma coisa mais teórica sobre música. Vai que amanhã pinta outra maluca igual à morena no pedaço. Dezoitinha, de preferência.

Uma tarde sem consolação

Ela estava com cem reais sobre o corpinho. Era isso, talvez um tantinho mais se fosse contado o tênis prateado de banca de promoção de loja popular.

Os cem paus estavam mais ou menos assim distribuídos: vinte da camiseta com estampa de banda de rock, uns quarenta da calça jeans com rasgos na altura dos joelhos, dez do cinto plástico com tachinhas de metal, outros dez do colarzinho de contas azuis e brancas, vinte da bolsinha a tiracolo imitação de couro, mais o tênis. Calcinha e sutiã não entram na conta. Podia tá tudo pago ou a garota estava no carnê ou no cartão, mas nisso Papo de Anjo não estava nem um pouco ligado.

A mina aparentava ter uns dezessete, ser estudante, desempregada ou trampar como auxiliar de qualquer coisa num escritório. Tinha pinta de pobre. De quem tem que trabalhar pra ajudar em casa. Devia tá na hora do rango. Estava parada na frente de uma galeria na Paulista e Papo de Anjo foi chegando...

- Oi, tudo em cima? Já pensou em ser modelo? Sou de uma agência, ando procurando caras novas...

A cantada às vezes pegava. Às vezes, porque algumas filezinhas não estavam nem aí ou manjavam que era tudo pilantragem. Mas tinha sempre uma que mordia o anzol. Mesmo pra barangas ele lançava a rede. Tirou um cartãozinho de um bolso da calça, entregou pra mocinha. Estava escrito World Model Agency e um número de celular. O dele.

Tudo a ver. O cara tinha pinta de caçador de modelos. Ela olhou pra camiseta descolada, pra jaqueta da moda, pros óculos escuros. Viu a calça meio gordona com quatro bolsos na frente e dois atrás, o boné desenhado New York Fashion, e por fim, o celular que sacou de um dos bolsos, como se consultasse alguma coisa importante.

- Interessada? - continuou Papo.

Se ela dissesse sim, o lance começava agora. Ou seja, levar a caça pra alguma lanchonete, meter um papo e com sorte acabar em algum hotelzinho barato, já que sua kit era muito fuleira e não pegava bem arrastar uma mulher até lá, mesmo que fosse caidaça e só pra uma trepadinha rápida.

A cem reais virou os olhos para ele. Estava examinando a figura e a proposta.

- Paga bem?

- Uma nota. Nunca viu como as modelos levam a vida? Só precisa fazer um teste rápido.

- E como é esse teste?

- A gente troca umas ideias pra sentir se você tem o perfil...

Papo de Anjo a levou pra uma casa de lanches, onde mandaram ver dois cheeseburguers e duas cocas.

- Posaria nua?

Risinhos. Timidez ou safadeza.

- Preciso saber pra te recomendar, sacou? Mas antes de te levar pra agência, preciso ver, entendeu?

Ela não estranhou e praticamente aceitou tudo e como ele não podia despi-la ali, a levou pra um hotelzinho na Consolação.

Não precisou de muito nhenhenhém pra transarem. Já vestidos pra cair fora, Papo já estava perto da porta quando ela falou:

- Ei, não vai me pagar?

- Peraí, grana só quando você assinar contrato.

- Se não pagar, não sai daqui! E ainda faço escândalo.

Papo olhou pra porta. Sem chave. Virou a maçaneta, estava trancada. Pensou na janela. Lembrou que estava no terceiro andar, impossível sair por ela.

- Trintinha na minha mão! Ou paga ou não sai! - a fulana insistia.

- Tá louca? Te paguei o lanche, te trouxe aqui numa boa e você me apronta essa!

- Seu babaca, você pega na rua uma garota de programa e não quer pagar? Olha aqui... ou paga ou te rasgo, seu trouxa!

Tirou da bolsa um canivete que mais parecia navalha.

Papo de Anjo não podia vacilar, nunca se sabe. Ofereceu vinte. A tal era profissional. Nem quis saber, era trinta ou...

Ele acabou pagando, ela tirou a chave escondida no sutiã, abriu a porta, desceram sem se falar pelo elevador barulhento e na rua cada um pegou seu rumo.

Era a primeira vez que ele tinha encontrado um prego desses. Nem por isso desistiu de sair azarando. De cada dez tentativas, pelo menos uma sempre dava certo. Mas aquela tarde, mesmo tendo papado a piraínha, Papo achou que tinha jogado dinheiro pelo ralo. Foi uma tarde sem consolação ou quase isso.

Um anoitecer e uma aurora

Estava tudo combinado. O programa prometia. Papo de Anjo não ia botar suspeita no que disse Marquinho, esse era mano de confiança.

Lá pelas oito da noite, botou a roupa de briga. Vestiu a camiseta descolada e a jaqueta com aparência de shopping fino. Enfiou a calça fofona com quatro bolsos na frente e dois atrás. Calçou os óculos escuros que só faltavam falar italiano ou francês e se coroou com o boné New York Fashion. Por fim, o celular piscante no bolso. Quem marca bobeira pode até achar que é tudo legítimo. Quem conhece dos artigos, saca logo que é tudo 25 de Março. Mas o importante do apelido Papo de Anjo carrega na garganta. Quando chega a hora, ele despeja açúcar na voz e ai de quem estiver por perto. As garças se deixam engolir pela bocona do jacaré. Foi pra ir atrás de uma dessas que Papo se aprontou todo. Só se esquecia que podiam não ser como as que pousam na Paulista e redondezas...

- Mó moleza, meu! - o amigo tinha dito. - Tá assim de mulher e com uma merreca no bolso a gente faz a festa! Tranquilo.

Papo copiou o que o colega falou. Marquinho, pelo jeito, era freguês do pedaço. Para Papo tudo era novidade. Desceram no metrô República e se mandaram pras bandas que ficam depois da Avenida São João.

Pelas ruas um tanto escuras, vez ou outra, algumas viaturas. Os carinhas que andavam por ali pareciam malacos. Logo as primeiras barangas começaram a aparecer, embora a maioria fosse ainda novinha. Algumas tinham cara de menor de idade.

- Meu, essas nem com camisinha - falou Papo de Anjo um tanto assustado.

- Besteira, cara. Puta é tudo igual. Não importa a idade. Se for novinha, melhor ainda. Vai me dizê que as do seu pedaço são mais gostosas.

Papo estava no fim da mesada que o papai lhe dava, mesmo assim, achou que dava pra encarar. Com uns trocados podia transar com uma delas. Os dois continuaram a avançar pelo que antigamente era a Boca do Lixo. Só que agora aquilo tinha um nome de manchete de jornal.

Não demorou pra que a duplinha visse a noite mais iluminada. Raios de luz vinham do chão das calçadas.

- Que é isso, meu?

- Fica frio, Papo. É a molecada fumando...

- Crack? Mas é tudo noia...

- Queria o que, meu camarada? É a Cracolândia. Tem noia e pinoia. Mas aqui a trepada é baratinha, você acha que nado em dinheiro? Não tenho pai médico como você! É só metê a camisinha e mandar qualquer dez conto, essas minas tão tudo na fissura...

- Vamos nessa, então, parceiro! - disse Papo.

As luzes acendiam, pareciam explodir a treva noturna, vindas dos cachimbos nas bocas de dezenas de homens e mulheres de todas as idades, sentados e encostados nas paredes pichadas. Tudo detonado. O visu era caidaço. As ruas tinham nomes bonitos. Triunfo, Vitória, Andradas, Timbiras, Rio Branco, Aurora. Foi numa delas que uma viatura dos meganhas parou os belezinhos. Marquinho, escolado em tais burocracias, apresentou os documentos pra um dos gansos. Papo, acostumado às molezas das redondezas da Paulista e Jardins, só tinha o celular, o boné New York Fashion e o restante das vestimentas. O bicho ia pegar, então, Papo abriu a boca e despejou um trololó, mas o cabo da PM não quis conversa. Cismou que a dupla estava procurando uma biqueira. Como Marquinhos tinha os documentos, liberou-o com um empurrão e botou Papo no camburão que o levou até o próximo DP.

Ele passou a noite acordado numa saleta, morto de sono até as quatro da matina. Nem pensou em ligar pro doutor papai. Às cinco e pouco, o doutor delegado soltou o hóspede.

- Tá limpo - disse a autoridade. - Vaza e não me dê mais trabalho.

Na rua, Papo mal sabia onde estava. Andou e andou, até ver uma placa. Rua Aurora. Apalpou seu corpo. Estava todo inteiro, apesar da sensação do contrário. Só não sabia se pronto pra outra.

Só se encontrou com Marquinho quase uma semana depois. Mal piscou e foi despejando:

- Que gelada, véio! Nunca mais!

- O que que é, mano? Você me deve essa! Te dei a maior experiência de tua vida!

- Vá te catar! Que experiência?

- Te dei um anoitecer e uma aurora!

Na vida de Papo de Anjo ninguém pode dizer que não exista poesia.

Fim de Papo

Bem na hora que Papo de Anjo ia chegar junto numa coelhinha, começou um toró na Paulista. A mocinha, já toda molhadinha, entrou correndo num café e Papo de Anjo se enfiou atrás dela. Antes que ele mostrasse os dentes, a fulana já estava sendo paquerada por um tiozão encostado no balcão. Em bola dividida Papo não botava a canela. Ficou olhando a chuva lavando a calçada.

Aquele não era mesmo o seu dia. Duas coisas tinham estourado logo que pulou da cama, lá pelas dez e meia da madruga. A primeira doeu nos ouvidos. Foi o toque irritante do interfone.

- Bom dia, seu Roberto! Aqui é da portaria. O síndico quer dar uma palavrinha com o senhor, só um minuto.

- Bom dia, senhor Fidalgo!

Fidalgo? Aí se ligou. Esse era o seu nome de família. Quanto tempo não ouvia isso?

- A administradora pede pro senhor - continuou a voz retorcida pelo fio - quitar a dívida do condomínio. Já são seis meses atrasados.

Papo não tinha nada com isso. Quem pagava as despesas da kitnet era o paizão, médico de Pinheiros. Será que o coroa não tinha comparecido com o tutu? Meio sonolento e meio chateado, o inquilino disse um tá bem e tratou de dar um trato nos sucrilhos com leite que era o seu café da manhã.

A segunda foi na hora em que foi raspar a barba. Aí ele viu um cara estranho dentro da sua kitnet. O cara que aparecia no espelho estava ficando careca. Olhou feio pro intruso e então sacou que estava também com profundas olheiras, o cabelo desmanchado e a camiseta manchada de ketchup. Começou a conversar com o indivíduo.

- Que cara é essa, chegado? - ele encarou o outro.

- É a tua cara, manezão! Tu tá na bagaça, heim? Numa boa, olha pro teu corpo, vacilão. Qué mais? Você já tá com vinte e um anos nas costas... Não tem um carro, não tem nada, só tem o quê?

- Tá me tirando? O que você...

- Se liga, meu! Te dou uma lista dos colegas que já acertaram o passo... Tem uns que até já pegaram estágio em multinacional enquanto você anda por aí mulambando com a mesada contadinha do papai. Sai dessa, bundão! Vai pra luta, mano!

- Olha aqui... - Papo ia continuar jogando conversa fora, mas já tinha tirado os pelos da cara, então vestiu a camiseta descolada e a jaqueta, colocou os óculos escuros, vasculhou os bolsos da calça largona, não encontrou nada. Depois completou a arrumação com o celular de gente fina abonada, no bolso, e o boné New York Fashion. Quem ia dedurar, dizendo que era tudo 25 de Março? Saiu então para o mundo, e na Paulista caíram em cima dele a aguaceira e a fracassada tentativa de pegar uma nova lebre.

Três frias não fazem uma quente. Quatro então nem se fala. Mas Papo de Anjo, sem ligar pras geladíssimas do dia, tratou de testar o apelido assim que esbarrou numa barriguinha de fora que acabara de sair duma grande livraria.

- Oi, tem muita coisa legal aí na livraria? - Papo improvisou.

- Tem! E a melhor é que não vi você lá dentro - sapecou a da barriguinha com piercing, dando uma de alto a baixo e tratando de vazar.

Nocaute dado em Papo. O quarto do dia. Ele estava mesmo ficando aporrinhado. Nem uma moreninha que andava rebolando à sua frente o animou. Resolveu voltar pra kit. E lá ficou uma semana socado, curtindo a deprê, assistindo filmes de luta e desenhos animados.

Se foi porque tinha crescido no emocional ou a idade estava pegando, se foi pelas roubadas vividas ou pela submissão ao DNA, herdada do papi, não se sabe, fato é que no final daquela semana Papo de Anjo achou por bem desertar do exército dos fodidos e meio fodidos das forças desarmadas de São Paulo.

No domingo, um pouco antes da hora do almoço, pegou o busão e foi pra casa de Pinheiros. Pediu arrego pro pai. Estava de saco cheio da vidinha, queria ter responsa, voltar pro time dos caretinhas, um surto, estava até a fim de voltar pra facu e, quem sabe, descolar um trampo decente.

Em menos de uma semana, o doutor conseguiu a rematrícula na escola que o filhinho tinha abandonado e ainda arrumou um emprego pra ele.

Papo voltou para a Paulista. Só que em outras condições. Trabalha num escritório com vista pra avenida. Tá mandando bem. Já falaram que vai ser promovido e transferido pra um novo escritório em outra grande avenida, a Faria Lima. Quando ouviu isso, Papo de Anjo quase teve uma recaída e se arrepiou. Largar a Paulista? Mas negócio é negócio e negócio é a alma de Sampa. Tem mais umas coisitas. Papo de Anjo, há algum tempo, já não é mais Papo de Anjo. É Doutor Roberto Fidalgo. Assumiu o karma de família. Está a caminho de se tornar Deus, isto é, ser um vitorioso empresário paulistano. Talvez, lá no fundo ele ainda se veja azarando pela Paulista. Mas não é que já prometeram pra ele um estágio em Nova York, pagamento em dólares e tralalá? Nova York, sim senhor. O boné New York Fashion, mesmo falso, já era um verdadeiro sinal.

E se aqui é o começo de um novo Roberto Fidalgo, que durante o resto de sua vida terá diversos e distintos orgasmos com as mais belas mulheres e dinheiro suficiente para todas as suas necessidades, é bom que se diga que aqui também é o fim de Papo. Afinal, aos membros da classe média, todas as histórias têm sempre começo (que pode ou não ser triste e sofrido), meio (divertido) e finais felizes.

Esta obra foi impressa em Minion Pro no papel pólen soft 80 para a **Editora Pasavento** em novembro de 2014.